AF344744

Photo couverture : Jean-Baptiste Laurioz

Pol-Hervé Malo

Les pieds sur terre,

et autres nouvelles de Sardaigne

Pol-Hervé Malo

Pol-Hervé Malo est né en Armorique à la fin des années soixante. Après son brevet des collèges, il a poursuivi ses études plusieurs années puis s'est lancé dans une carrière éclectique. D'après ses enfants, il fut tour à tour animateur de vacances, porteur, chauffeur de taxi, plombier, électricien, ingénieur, homme à tout faire, etc...

Lorsque le temps le permet, il s'essaye parfois à la vente de téléphones.

Pol-Hervé Malo vit aujourd'hui en région parisienne, mais il lui arrive de se déplacer.

En Sardaigne, par exemple…

polherve.malo@free.fr

www.pol-hervemalo.over-blog.com

Nouvelles de Sardaigne,

suivi de

Rêveries estivales

Edition française – Avril 2016

ISBN 978-2-9554625-2-2

Histoire de famille

Ernesto s'épongea le front, comme il le faisait chaque fois qu'on lui soumettait un problème difficile.

En ce jour d'Août 2015, il regardait avec perplexité les deux frères qui venaient de s'asseoir dans les fauteuils de cuir face à lui. Ernesto veillait toujours à prévoir dans son bureau le nombre exact de sièges, car la présence d'une chaise vide donnait, disait-il, un aspect de salle d'attente. Sa secrétaire connaissait cette manie et veillait à noter, en face de chaque rendez-vous prévu, le nombre exact de personnes devant participer à la réunion. Les deux sièges étaient soigneusement alignés en face de son bureau, mais l'animosité des frères l'un envers l'autre était si palpable qu'on les aurait crus dos à dos.

L'un d'eux, le plus grand, avait une calvitie très marquée, qui semblait partir du front, remonter comme une vague vers le haut, s'étaler sur le sommet du crâne, et couler en petits ruisseaux le long des tempes. Chose étonnante, Ernesto avait remarqué, lorsque les deux frères étaient entrés après avoir patienté pendant presque vingt minutes dans la salle d'attente surchauffée par le soleil, qu'il restait à l'aîné une bande de cheveux poivre et sel à l'arrière de la nuque qui semblait résister à la chute et qui, laissés au naturel, auraient presque pu se terminer par une queue de cheval. Cette vision amusante traversa un instant l'esprit d'Ernesto. Mais le regard dur et triste de Giovanni Toscani (c'était le nom qu'il avait donné à la secrétaire lors de la prise de rendez-vous la semaine précédente) le ramena au sérieux attendu d'un homme de sa profession : au lieu de sourire, il se pencha en avant pour montrer à quel point le sujet méritait une attention particulière.

Il faut dire qu'Ernesto Panzani tâchait de se montrer le digne représentant de la troisième génération de notaires de sa famille; il exerçait son activité dans un splendide appartement, au troisième étage de ce qui avait été un hôtel particulier sur la place principale d'Alghero. Bien-sûr, c'était probablement moins impressionnant que l'étude de son grand-père, qui entre les deux guerres avait racheté une officine endormie à un vieux notaire Sarde qui avait dû terminer sa carrière à la prison de Cagliari pour une sombre histoire de cadastre sur laquelle personne n'avait jamais voulu se pencher depuis.

Le grand-père, jeune notaire fraichement diplômé de l'université de droit de Milan, avait vite compris tout le potentiel de l'étude : grâce à un travail acharné et un sens du contact qui lui venait probablement de sa mère, il n'eut besoin que de quelques années pour faire de son étude la plus importante du Nord de la Sardaigne, avec à son apogée plus de quinze employés affairés qui s'activaient sur les trois étages de la bâtisse. Sa plus grande fierté, transmise par la tradition familiale, avait été d'être consulté par la famille Agnelli lorsque celle-ci voulut acheter une propriété proche de la côte à Porte Corto, afin de sécuriser avant-guerre une partie des actifs qu'ils sentaient en danger. L'affaire ne s'était finalement jamais conclue, mais toute la ville se souvient encore de la venue, un Samedi après-midi de Juin, du patriarche Agnelli lui-même, accompagné de quelques membres de sa famille. Comme ils faisaient déjà à l'époque les couvertures des gazettes, certains furent reconnus par les clients attablés sur la terrasse du café de la place, et le prestige resta pendant longtemps attaché à l'étude Panzani.

Mais de cette splendeur, il faut reconnaître que le père d'Ernesto n'avait pas fait grand-chose lorsqu'il avait dû prendre le relais. Il avait pourtant vu son père au travail, et aurait pu au moins maintenir l'étude à flot en capitalisant sur les contacts établis, dans une ville où les relations importent plus que la compétence. Mais les études de droit n'avaient pas été un choix personnel et il consacra rapidement une partie de plus en plus grande de ses journées à sa véritable passion : les courses de chevaux. Il ne ratait pas une course sur toute la Sardaigne, gagnant parfois un peu mais perdant souvent des sommes considérables. Quand ses fonds personnels hérités de son père commencèrent à manquer, il se mit à faire des « emprunts » sur le compte de l'étude, puis de fil en aiguille, c'est l'argent déposé par les clients qui servit à parier sur des chevaux dont le nom lui inspirait confiance. Si je gagne, se disait-il naïvement, je partagerai une partie des bénéfices avec mes clients qui ne pourront que se réjouir de mes placements, même si ces placements sortent un peu de l'ordinaire. L'affaire aurait pu très mal se terminer, mais une scarlatine mal soignée dans les années soixante l'emporta un hiver, et l'empêcha de parachever la faillite vers laquelle il courrait.

Quand Ernesto dut, à moins de trente ans, revenir en Sardaigne en urgence pour enterrer son père et sauver ce qui restait de l'étude, il ne put que constater l'étendue du désastre.

Il se retroussa les manches, et avec une ardeur incroyable, il étudia l'ensemble de la comptabilité pour découvrir avec effroi la teneur des détournements effectué par son père. Il licencia les quelques employés qui n'avaient pas encore quitté le navire et surtout essaya de regagner la confiance de ses clients et de la bonne société de la ville. Son option était toute simple : « je revends tout ce qu'il est possible de vendre et je vais négocier avec chacun des clients spoliés pour les rembourser au maximum possible ». Il revendit en particulier l'hôtel particulier à un promoteur, ne gardant pour lui en location qu'un appartement de trois pièces au deuxième étage, avec vue sur la place, en prévision d'une reprise potentielle de l'activité. Bien lui en prit, car après trois ans d'efforts, de négociations difficiles, d'insultes reçues qui étaient destinées à son père mais qu'il recevait en pleine face sans arriver à s'en sentir protégé, il réussit à redémarrer une petite activité.

Paradoxalement, les malheurs de l'étude et son courage pour gérer ce qui était considéré par tous comme un drame familial, finirent par lui attirer la sympathie de beaucoup. En particulier, la rumeur lui attribuait une grande capacité à gérer les affaires familiales compliquées. Les familles venaient de toute la

Sardaigne pour lui présenter leur difficultés, ayant semble-t-il moins de honte à étaler leurs misère familiales face à un notaire qui avait dû lui-même assumer la honte d'un père escroc !

Et c'est précisément ce type d'affaire qui se trouvait exposée devant lui aujourd'hui par le plus jeune des deux frères. Plus petit que son aîné, il avait encore une belle chevelure noire, probablement légèrement teintée pour masquer les premiers cheveux blancs, et son visage était marqué par de longues cicatrices sur le front et sur le haut des joues. « Probablement le fruit d'une chute de vélo ou d'un accident de voiture », pensa un instant le notaire tout en essayant de se concentrer sur le ce que lui disait son interlocuteur. « Vous comprenez, maître », lui disait ce dernier d'une voix nasillarde, « ce n'est pas seulement une question d'argent, c'est l'honneur de la famille qui est en jeu ». Ernesto avait l'habitude et acquiesça d'un signe de la tête, qui pouvait à la fois signifier « continuez, je vous écoute », et « je comprends ce que vous vivez, j'ai moi-même beaucoup souffert du déshonneur ».

Le frère continua : « *nous sommes deux frères qui avons toujours vécu ensemble, sans dispute depuis notre âge d'homme. Nous partageons tout, nous ne nous sommes jamais mariés ; même la mort de Maman il y a dix ans nous a rapprochés, et tout allait pour le mieux jusqu'à la mort de Papa le mois dernier. A l'enterrement, au petit cimetière sur les hauteurs, au-dessus de Castelsardo où nous avons toujours vécu, tous nos amis étaient présents, partageant notre douleur. La cérémonie avait été très sobre (autant que pouvait l'être ce genre de cérémonie avec le curé qui, ayant raté une vocation de chanteur d'opéra, ne pouvait s'empêcher de hurler les chants comme si une foule immense devait l'entendre dans un stade !). Mais en l'occurrence, il devait y avoir une trentaine de personnes, toutes du village sauf un homme qui s'approcha de nous lors des condoléances et qui nous dit à voix basse qu'il avait quelque chose de très important à nous dire, si possible aujourd'hui car il habitait à l'autre bout de la Sardaigne et il ne pourrait pas rester longtemps dans la région. Surpris, nous avons continué les activités de la journée, le buffet organisé à la maison avec l'aide de voisins, les pleurs, les embrassades, tout en nous demandant ce que cet homme avait à nous dire de si urgent. Vers dix-huit heures, quand tous les invités furent partis en nous assurant de leur amitié et de leur soutien, nous avons reçu le mystérieux visiteur dans le salon encore tout dérangé après le passage de nos proches.*

« Ce que j'ai à vous dire », dit-il en enlevant son chapeau noir, « est assez délicat. Il

s'agit de votre père, que je connaissais bien car il était également mon père. Par voie de conséquence, je crois que vous êtes mes frères, ou pour le moins mes demi-frères. »

Vous imaginez, maître, notre réaction sur cette affirmation aussi surprenante que scandaleuse, le jour même où nous avons accompagné notre père dans sa dernière demeure ! Nous avons hurlé, protesté, peut-être même un peu insulté notre interlocuteur indélicat, mais celui-ci se contenta de baisser la tête, disant qu'il nous comprenait, qu'il aurait probablement la même réaction à notre place, mais qu'il était bien notre frère et qu'il pouvait le prouver.

Il nous raconta l'histoire de sa mère, une fille de la campagne qui avait passé quelques années à circuler de fermes en fermes pour apprendre le métier, dont six mois à Castelsardo quand elle avait vingt-cinq ans, de sa romance avec le fils du fermier, de la honte quand elle était rentrée chez elle avec son vendre rebondi. Il décrivit la dure vie qu'elle avait mené ensuite, fille-mère jamais mariée, essayant d'éduquer au mieux son fils. Le père avait tout de même assumé en partie sa part de responsabilité en envoyant tous les mois un peu d'argent et il venait passer deux semaines avec elle tous les ans au début de l'automne. Ce détail, en particulier, commença à nous faire douter, car nous avions bien en tête les deux semaines où notre père était en déplacement à Cagliari chaque année pour participer à la foire agricole. Il aimait passer, disait-il, un moment, avec ses amis de service militaire. L'inconnu nous décrivit également en détail notre père, ses habitudes, ses tics, ses expressions, et de nombreux détails qui ne pouvaient être connus que d'une personne ayant vécu sous le même toit de façon régulière.

Après avoir discuté jusque tard dans la nuit, nous avons convenu tous les trois qu'avant toute chose, nous allions demander une expertise ADN, afin de clarifier définitivement la réalité ou non de cette paternité, et pouvoir ensuite décider ce que nous devions faire.

Et c'est là, maître, que le ciel nous est tombé sur la tête et que nous avons décidé de faire appel à vous. Les résultats, sont arrivés avant-hier par courrier de Rome (nous avions décidé de faire les analyses hors de Sardaigne, car les langues sont trop bien pendues sur notre île et nous ne voulions pas ternir la réputation de notre famille) ; et ces résultats indiquent que l'inconnu rencontré lors des obsèques n'est pas lié à nous d'une façon ou d'une autre. Nous n'avons aucun ancêtre commun ! Nous étions rassurés et avons poussé ensemble un grand cri de soulagement. Mais la joie a été de courte durée. Cette bonne nouvelle n'est qu'une partie *des résultats : sur la deuxième page, il était écrit clairement que nous ne sommes pas frères, que nous sommes au mieux demi-frères, c'est-à-dire que nous avons un seul de nos deux parents en commun !!*

Vous vous rendez-compte, maître, de l'état dans lequel nous a laissé cette nouvelle ! Quelle horrible situation! Nous avons réfléchi, imaginé toutes les hypothèses, et malheureusement, la seule solution possible est que nous n'avons pas le même père ! Ce qui veut dire qu'au mieux, l'homme droit et sérieux que nous avons enterré avait été trompé par son épouse et que l'un de nous deux seulement était son fils. Et que dire de notre inconnu ? S'il est vraiment ce qu'il prétend être, et il a des arguments sérieux, il se peut même qu'aucun de nous deux ne soit le fils de celui qui nous a élevé et que le seul fils soit cet inconnu ! »

A ces mots, les deux frères assis devant le notaire se mirent à pleurer bruyamment, ce qui, d'après la longue expérience du notaire, voulait dire que les questions d'argent allaient bientôt être abordées… Il avait remarqué de nombreuses fois cet enchaînement étrange, qu'il expliquait par le fait qu'il fallait probablement à l'avance contrebalancer l'aspect sordide du sujet par une démonstration exagérée de sentiments familiaux. Ernesto ne s'était pas trompé, et quand l'aîné pris la parole, le notaire retint un sourire qui lui venait à chaque fois qu'il anticipait les pauvres ruses de l'âme humaine pour paraître désintéressée…

« Et c'est là », dit l'aîné en s'essuyant les yeux, « que nous ne sommes pas d'accord : je pense qu'à ce stade, il vaut mieux ne rien dire à notre pseudo demi-frère sur le résultat de ces analyses, lui dire que ce type d'examen nous parait mesquin et que nous n'avons finalement pas fait les tests ? Nous pourrions l'accueillir à bras ouverts comme un cadeau de notre père qui nous offre post-mortem un nouveau frère à aimer ! Cela devrait le mettre dans de bonnes dispositions pour discuter le partage de l'héritage.. Peut-être va-t-il même y renoncer, il ne semble pas manquer d'argent »

« La bassesse humaine n'a décidément pas de limite », pensa Ernesto sans se départir de son air sérieux et attentionné.

Le plus jeune se leva d'un coup, le visage rouge de colère et se tourna vers son voisin en criant presque : « C'est parce que cela t'arrange, sale voleur ! Tu veux me forcer à partager en trois mon héritage, alors que de nous trois, je suis le plus ressemblant à Papa et si cela se trouve, je suis le seul à être vraiment son fils ! Il n'en est pas question, déterrons papa et faisons de nouvelles analyses pour prouver que je suis l'unique fils. C'est toujours la même chose avec toi, je me souviens quand nous étions petits, tu me volais déjà mes affaires et tu profitais de ton âge pour faire un partage inégal. Cette fois-ci, je ne me laisserai pas faire et j'aurais enfin ma revanche ! »

Maître Panzani se leva rapidement et fit ce qu'il avait l'habitude de faire dans ces occasions. Il n'était pas impressionné par la scène désolante qui se déroulait devant lui, car cela lui arrivait pratiquement toutes les semaines. Il avait même dans le tiroir de son bureau un révolver (non chargé par mesure de prudence mais qui présentait l'allure d'une arme en parfait état), arme qui lui avait été bien utile lorsqu'un fils d'une famille de notables s'était littéralement rué sur son père en criant qu'il allait l'étrangler, et seule la vue du revolver sorti rapidement par le notaire avait réussi à l'arrêter.

Cette fois, Alberto jugea que le revolver n'était pas nécessaire et, se levant, il pria doucement les deux frères de penser à leur pauvre maman (que visiblement ils aimaient beaucoup tous les deux), qui les voyait certainement de là où elle était et qui devait être bien triste de les voir se disputer de cette façon. « Les techniques les plus simples sont quand même les plus efficaces », pensa le notaire quand il vit les deux frères se calmer instantanément et se répandre en excuses gênées, invoquant à la fois la tristesse, la fatigue,   le stress, pour expliquer une réaction qui leur ressemblait si peu, qu'ils regrettaient tant, etc..

« C'est cela mes amis, vous me prenez pour un naïf ?», pensa le notaire tout en écoutant d'un air faussement bienveillant les excuses de ses interlocuteurs et en les assurant de sa compréhension : « Vous êtes effectivement bien fatigués : je propose que vous réfléchissiez ensemble pendant quelques semaines à la meilleure solution ; pendant ce temps, je finirai l'inventaire des biens de votre papa. Il semble que la vie de labeur de votre père, ses habitudes économes et frugales et ses placements judicieux avaient fait de lui un homme riche, et que l'inventaire de tous ces biens me prendra au moins quelques jours. Je ne préviens bien entendu pas encore monsieur, monsieur.. » Alberto regarda le dossier et lut que le troisième homme se nommait Pietro Loria, « donc je ne préviens pas encore monsieur Loria de la situation, mais je vous convoque tous les trois dans un mois pour que vous me disiez ce que vous avez décidé. N'oubliez pas dans votre réflexion d'essayer d'imaginer ce qu'aurait pût être la volonté du défunt, puisqu'il n'a pas laissé de testament, et que la concorde familiale a une valeur inestimable ! »

Ce dernier couplet sur les valeurs familiales était le moment préféré d'Ernesto. Non pas qu'il eut encore la moindre illusion sur son efficacité et sur la capacité de ses interlocuteurs à partager ces valeurs ! Mais cela asseyait sa réputation de notaire capable de résoudre les différents familiaux, et permettait surtout à ses clients de quitter son bureau la tête haute, auréolés de pensées nobles et généreuses, bien loin des scènes sordides qui venaient de se dérouler derrière les volets mi-clos de l'étude. C'est d'ailleurs ce que firent les deux frères, qui sortirent d'un air digne, sans se regarder et après avoir chaleureusement remercié le notaire pour son écoute et ses conseils avisés.

Après avoir travaillé quelques jours sur le cas, finalisé l'inventaire des biens du défunt (qui avait décidément bien géré sa fortune), Ernesto convoqua les trois « frères » pour la fin du mois et se plongea sur d'autres cas de succession et de partage, en oubliant rapidement cette affaire.

Quelques semaines plus tard, trois jours avant la date du rendez-vous, Ernesto lisait son journal comme tous les matins en prenant son déjeuner sur la terrasse du café en face de son étude. Il tomba sur un entrefilet qui lui donna l'épilogue de cette histoire familiale. Il était question d'un terrible accident dans une ferme des environs de Castelsardo, deux frères étant morts après une intoxication lors d'une fête de famille. Le journal précisait que l'accident était d'autant plus tragique que la fête était organisée pour célébrer les retrouvailles de trois frères que le destin avait séparés et qui avaient décidé de ne plus se quitter pour rattraper le temps perdu. Le seul survivant des trois frères était inconsolable et le journal lui présentait au nom de tous les lecteurs ses plus sincères condoléances.

« A chaque problème sa solution », pensa le notaire en souriant, « il faudra que je pense à dire à ma secrétaire de ne prévoir qu'un seul fauteuil pour le rendez-vous. »

Et il reprit la lecture de son journal…

Amours filiales

Maître Ernesto Panzani regarda sa montre en soupirant. Il n'était pas encore cinq heures, et il avait encore un rendez-vous avant de pouvoir fermer l'étude et rentrer chez lui. En vérité, célibataire endurci de presque cinquante ans, ce n'était pas tant le retour dans sa vieille maison familiale vide qu'il attendait avec tant d'impatience, mais plutôt la perspective d'une longue promenade sur les remparts, puis dans les rues sinueuses du centre historique d'Alghero, pour s'arrêter probablement à une des nombreuses terrasses à l'invitation d'un de ses amis.

Il adorait cette ville, où il exerçait depuis presque vingt ans la très respectable profession de notaire, troisième du nom, au deuxième étage du plus bel hôtel particulier de la *Piazza Civica*. Situé à deux pas du port de plaisance, l'emplacement était idéal, et les affaires marchaient en général plutôt bien pour la petite étude. Cependant, en ce mois d'Octobre 1992, l'activité était plutôt calme; les transactions immobilières du printemps étaient pratiquement toutes bouclées, et les successions liées aux décès de l'hiver n'avaient pas encore débuté. Il pouvait donc presque tous les jours profiter de la fraîcheur du soir à partir de cinq heures.

Mais Ernesto était un homme sérieux; il oublia vite ses rêves de promenade et se pencha sur son carnet de rendez-vous. Sa secrétaire avait juste noté: "Emilia Bellini, ??", ce qui voulait dire, dans leur langage codé, que la visiteuse n'avait pas souhaité indiquer le but de sa visite. Ce nom ne disait rien à Maitre Panzani; il n'avait donc pas besoin de relire un dossier pour se remettre en mémoire le cas avant de la recevoir, ce devait être une nouvelle cliente. Il alla donc directement dans la salle d'attente et fit entrer la jeune femme.

Mme Bellini devait avoir une trentaine d'années; c'était une petite femme aux cheveux noirs et à la peau tannée par le soleil comme ont souvent les femmes du Sud de l'Italie. Quand elle le salua, il remarqua son doux sourire qui lui donnait un charme indéfinissable. Mais sous son air à la fois fragile et timide, elle posséda it un regard noir que semblait animer une volonté farouche. C'était le regard typique des gens simples qui avaient dû faire face très tôt à l'adversité et qui avaient compris qu'ils ne pouvaient compter que sur leurs propres forces pour se débrouiller dans la vie.

Elle s'assit sur l'unique siège disponible en face du grand bureau et, sans préambule, présenta son cas au notaire. Celui-ci, concentré, prenait des notes dans un grand cahier à reliure de cuir noir. Rapidement, il comprit que le cas était compliqué et qu'il allait devoir renoncer à sa promenade vespérale.

"Mille mercis de me recevoir, Maître", entama la jeune femme d'une voix chaude, "J'arrive de Positano, sur la côte Almafitaine, où je vis avec ma fille Laura. J'ai entendu parler de vous et de votre réputation pour résoudre les problèmes familiaux"

Maitre Panzani rougit discrètement. Cela confirmait que sa petite réputation commençait à dépasser les limites de la Sardaigne. Pourquoi pas un jour une clientèle venue de Rome, ou même de Milan?

Feignant de ne pas s'apercevoir de la réaction du notaire, Mme Bellini enchaîna: "A part ma fille de huit ans que j'adore, je n'ai plus de famille: veuve depuis quatre ans, je suis orpheline de père depuis toute petite, et ma mère est morte il y a deux mois. Tout l'avenir de ma petite Laura repose donc sur moi."

Le notaire ne voyait pas du tout où elle voulait en venir, mais il se garda bien de l'interrompre.

"Je suis venue vous voir, Maître, pour que vous m'aidiez à retrouver ma famille. Je ne veux pas que ma fille grandisse sans attaches, sans racines, et sans personne pour prendre soin d'elle s'il m'arrivait quelque chose. J'ai besoin de vous, allez-vous pouvoir m'aider?"

"Ce n'est pas banal", pensa le notaire, "d'habitude, je dois rechercher des descendants pour des héritages. Cette fois, il semble bien que l'argent ne soit pas la première motivation". Cette pensée, ajoutée au doux sourire de la jeune femme, le convainquit de s'occuper du dossier. Il s'engagea à faire de son mieux pour redonner à la petite Laura un environnement familial.

Ils entrèrent dans le vif du sujet : la jeune femme lui décrivit en détail tous les éléments qui lui faisaient penser qu'elle pouvait avoir une famille en Sardaigne. A la mort de sa mère, elle avait vidé le grenier de la petite maison, et était tombée sur des lettres envoyées par son grand-père maternel durant la guerre. Celui-ci écrivait toutes les semaines à ses parents, et la jeune femme avait facilement pu reconstituer son itinéraire.

Mobilisé dans les troupes d'artillerie de Mussolini, il avait vécu une grande partie du conflit dans les états-majors, en tant que chauffeur d'un Lieutenant-Colonel basé à Rome. Tout s'était donc déroulé plutôt tranquillement, et le ton des lettres était presque celui d'un homme parti travailler loin de chez lui, parlant des difficultés d'alimentation, de la tristesse de ne pas être avec sa maman, mais sans mentionner ou très peu le conflit en cours.

Vers le début de 1943, le ton des lettres changeait. Il était question d'un risque de débarquement des alliés en Italie, de l'incapacité probable de l'armée à faire face à un assaut aussi massif, de la nécessité de transférer tous les soldats de l'arrière vers le front qui n'allait pas tarder à se créer sur la côte sud. Le grand-père fut effectivement transféré à Naples, avec tout le groupement des chauffeurs de l'état-major. L'inquiétude devenait palpable dans les lettres. L'angoisse du futur combat étreignait le soldat, certaines lettres finissait presque comme un testament...

Puis la chronologie des courriers laissait un vide de plusieurs mois qui correspondait à la période des combats. Une longue lettre reprenait ensuite le fil de l'histoire. Sur un papier aux bords déchirés, écrit au crayon d'une main malhabile, le soldat expliquait à sa maman l'horreur du conflit, la fuite devant un ennemi mieux armé, plus organisé, plus nombreux. L'exode qui suivit avait été une déroute indescriptible, les officiers ayant perdu toute autorité, la logistique étant complètement paralysée, chacun se débrouillant comme il pouvait pour sauver sa peau et trouver de quoi manger.

La plupart des soldats abandonnèrent leur uniforme pour éviter de se retrouver prisonniers de guerre dans les nouveaux camps que montait l'armée américaine. Dans cette mêlée, les anciens militaires déserteurs côtoyaient les familles fuyant les combats, dans une cohorte lamentable et sinistre, parfois bombardée par les avions alliés ou même italiens, tant la panique était totale.

Comme souvent, dans ces moments difficiles, la plus grande générosité voisinait avec l'horreur. Le grand-père racontait ainsi dans sa lettre comment il rencontra une petite fille d'environ 3 ans, qui pleurait devant les corps sans vie de ses deux parents; sans hésiter, il partagea son maigre morceau de pain pour qu'elle survive, et il chemina finalement avec elle pour la protéger des vols et lui assurer un minimum de subsistance. Il terminait sa lettre en annonçant son futur retour, accompagné de la jeune fille qu'il comptait adopter puisqu'il s'agissait d'une orpheline et qu'elle s'était attachée à lui.

La jeune femme fit alors une pause dans son récit. Maitre Panzani, très ému, s'essuya les yeux avec son mouchoir et posa les questions qui s'enchaînaient dans son esprit: "Avez-vous d'autres éléments, savez-vous ce qu'est devenue la petite fille? A-t-elle été adoptée?"

Madame Bellini le regarda de ses grands yeux noirs. "Je n'ai rien retrouvé d'autre dans la maison. Après de longues réflexions, j'en suis arrivée à la conclusion que cette jeune fille abandonnée était probablement ma mère. Je ne savais pas qu'elle avait été adoptée, mais pendant cette période très troublée de l'après-guerre, mon grand-père n'avait probablement pas entrepris les démarches formelles d'adoption. Il avait probablement simplement déclaré la jeune fille à l'état-civil, ce qui n'était pas inhabituel à l'époque.

J'ai lu depuis de nombreux livres sur cette période: les autorités, ou ce qu'il en restait, étaient submergées de travail pour retrouver les familles des enfants errants. Il est peu probable que quelqu'un ait consacré beaucoup de temps à contester la paternité d'un vétéran, même célibataire, qui voulait s'occuper d'une enfant qui vivait déjà avec lui. J'ai essayé de consulter l'état-civil de l'époque, mais un incendie en 1949 a tout détruit et il n'en reste aucune trace..

Mais maintenant, je voudrais savoir si ma mère avait des oncles, des tantes, des frères ou des sœurs, puisque c'est la seule famille qui me resterait."

"Je comprends votre noble et belle démarche," lui dit le notaire avec compassion, "mais pourquoi la Sardaigne?"

"Je me suis souvenu que ma mère connaissait quelques mots de langue Sarde, et quand on lui demandait d'où cela lui venait, elle était incapable de s'en souvenir. C'était devenu une plaisanterie habituelle dans la famille de dire qu'elle avait été Sarde dans une vie antérieure. C'est pourquoi il me paraît normal de commencer mes recherches par cette île".

Maître Panzani trouva l'intuition logique, les enfants très petits pouvant enregistrer des mots qu'ils garderont en mémoire toute leur vie. Ils commencèrent à discuter des différentes possibilités pour mener à bien les recherches. Rapidement, le notaire se rendit compte que sa première impression sur la jeune femme était juste et que celle-ci avait une énergie et une intelligence très au-dessus de la moyenne. Ils se mirent d'accord le soir même sur un plan simple, que le Notaire se chargea lui-même de mettre en œuvre.

Dès le surlendemain, paraissait dans les éditions locales des deux journaux principaux, *Le Corriere della Serra* et *La Repubblica*, une courte annonce surmontée d'une photo actuelle de la jeune femme, faisant un appel aux familles ayant perdu une fillette de 3 ans près de Naples dans la débâcle de Juin 1943. L'annonce mentionnait que le but était uniquement de retrouver des racines, aucun aspect financier n'étant en jeu.

L'idée de mettre la photo actuelle de la jeune femme venait de Maître Panzani, car il n'y avait pas d'ancienne photo de la maman et il pensait que la photo d'une jolie femme attirerait plus l'attention qu'un texte sans image. Toutes les réponses devaient être adressées à l'étude Panzani à Alghero.

Dans les semaines qui suivirent, de nombreuses réponses arrivèrent chez Maître Panzani. Visiblement, de nombreuses familles avaient perdu des enfants à cette époque, la plupart des réponses émanaient de personnes très âgées, proches de la mort et que la perspective de retrouver des descendants rendait fous d'espérance. Certains, espérant probablement convaincre le notaire comme pour un examen, présentaient même un dossier montrant leur maison, leur photo, certains indiquaient même la valeur de leur patrimoine!

Maître Panzani était un peu surpris de ces réactions, mais il ne filtrait aucun dossier, et tous les soirs, il faisait le point avec Mme Bellini sur les réponses du jour. Il avait décidé qu'il laisserait la jeune femme choisir parmi les familles, celle qui lui paratrait le plus probablement celle de sa mère. Celle-ci avait tout de suite rejeté l'idée d'une expertise ADN, qui aurait créé disait-elle, trop de stress et de déception. « Je préfère me fier à mon instinct filial ! » disait-elle. Comme il n'y avait pas de question d'héritage, Ernesto n'y voyait pas d'inconvénient.

Finalement, l'intuition filiale de la jeune femme se porta sur une vieille femme de 87 ans, qui avait constitué un dossier complet sur sa fille disparue en 1943, expliquant qu'elle l'avait confiée à son frère et sa belle-sœur qui habitaient Naples à l'époque, et qu'elle pensait jusqu'à aujourd'hui que tous avaient péri dans un bombardement, aucun des corps n'ayant pu être retrouvés. Sa fille unique s'appelait Laura et était son seul enfant. Elle écrivait ne s'être jamais remise de sa mort et était folle de joie à l'idée de faire connaissance avec sa petite-fille et son arrière-petite-fille avant de mourir.

Elle terminait sa longue lettre en précisant qu'elle était l'héritière d'une petite entreprise, d'une propriété sur la côte et que cela lui ferait tant plaisir d'en faire profiter sa nouvelle famille. "Cela ne gâche rien..." pensa le notaire en lui-même, et sans commentaire, il accepta le choix d'Emilia.

La rencontre, organisée dans les locaux de l'étude, fut un moment extraordinaire. Le bureau d'Ernesto, qui avait souvent été le théâtre de scènes sordides, violentes parfois, n'avait encore jamais abrité de moments aussi touchants: en entrant, les deux femmes se regardèrent longtemps en silence, chacune cherchant sur le visage de l'autre des traits, des expressions familières. Puis la jeune femme brisa la glace en sautant dans les bras de la vieille dame. Larmes, embrassades, cris de joie, rien ne manqua à ces retrouvailles. Il ne fallut pas plus de dix minutes avant que la vieille dame demandât à être appelée "grand-mère" par Emilia, ce qu'elle fit de grand cœur. Les deux femmes partirent ensemble du bureau, bras dessus-bras dessous, remerciant chaleureusement le notaire.

Le notaire partageait leur joie, se disant qu'il faisait finalement un beau métier ! Il ne revit la jeune femme que deux fois. Quelques mois après les premières rencontres, la grand-mère adopta officiellement Emilia et Maître Panzani s'occupa personnellement des démarches : il dut intervenir directement auprès du préfet de Cagliari qui trouvait étrange l'adoption d'une femme de trente ans par une vieille dame de plus de quatre-vingt-sept ans. Ernesto se porta garant de la légalité de la situation.

L'année suivante, il revit également Mme Bellini, toute de noire vêtue, venue pour la succession après le décès de sa nouvelle maman. Elle avait un air triste que n'apaisait visiblement pas la somme pourtant considérable dont elle héritait. Elle repartit vivre sur le continent et Maitre Panzani n'entendit plus jamais parler d'elle.

Ou du moins, pas directement... Quelques années plus tard, lors d'un congrès des notaires auquel il se rendait chaque année à Milan, il croisa son confrère maître Gironda qui exerçait à Bologne. C'était un homme jovial et enjoué, avec qui Ernesto avait toujours grand plaisir à dîner, en marge des austères présentations sur l'évolution du droit successoral, ou sur la rétroactivité de la fiscalité transeuropéenne.

Lors du dîner, alors qu'ils entamaient la deuxième bouteille de Chianti, Giovanni Gironda, voulant montrer à quel point leur métier avait des aspects passionnants, sortit de sa veste une coupure récente d'un journal local de Bologne dans lequel une jeune femme lançait un appel poignant pour retrouver la famille de sa mère, disparue en 1943 en Italie du Nord.

Le texte était illustré par une photo récente représentant une jeune femme qu'Ernesto n'eut aucune difficulté à reconnaître...

Les pieds sur terre

"Sursum corda"
"Habemus ad dominum"

Le père Ricardo Veggeti se concentrait de son mieux sur le texte de la messe qu'il célébrait en son église de Ste Marie des familles, dans le vieux village de Castelsardo. En ce Dimanche du mois de Septembre, le public était plutôt clairsemé: après le départ des touristes, la paroisse avait repris son rythme endormi et seuls quelques habitués aux cheveux blancs, occupés à agiter des éventails d'origine chinoise, constituaient la communauté.

Et pourtant, devant ce public qu'il connaissait bien, le père Ricardo était très inquiet. Tout en suivant scrupuleusement le missel romain, il se disait en lui-même: "comment faire pour que cela n'arrive pas, ou qu'au moins cela ne se voie pas?" Pour accompagner cette pensée, il se tenait fermement accroché à l'autel, dans une attitude de crispation assez surprenante pour l'homme doux et calme qu'il était.

Cela avait commencé il y a bien longtemps, quelques années après son séminaire. Etudiant moyen dans toutes les matières, il avait été clair, dès ses premières années d'études qu'il ne ferait pas une carrière brillante dans l'église. Son esprit simple et bon avait en particulier du mal à se retrouver dans les pensées complexes des pères de l'Eglise. Il souffrait surtout pendant les cours de philosophie Thomiste que dispensait un Dominicain qui voyageait chaque semaine de Rome à Cagliari pour enseigner la patristique aux futurs prêtres de Sardaigne.

"Veggetti", disait-il en lui tendant une copie toute raturée de rouge, "si jamais vous arrivez à être prêtre, tâchez d'être un saint prêtre, car ce n'est pas par votre intelligence que vous allez convaincre vos paroissiens!"

Ce qui dans la bouche du grand professeur se voulait une remarque désobligeante à l'égard du pauvre fils d'agriculteur Sarde, était reçu par Ricardo comme l'indication de la meilleure voie pour vivre la vie dont il avait toujours rêvé. Et il s'appliquait donc à devenir un saint homme: toujours en prière, toujours au service de ses frères, il se détacha progressivement de tout ce qui restait en lui de jalousie, de couardise, de gourmandise pour ne se consacrer qu'aux choses du ciel.

Ses camarades, puis ses professeurs, se rendirent progressivement compte que, malgré ses difficultés scolaires -qui n'avaient fait qu'empirer au fur et à mesure qu'il avançait dans les études- il rayonnait d'une sainteté qui devrait en toute logique lui ouvrir la voie de l'ordination sacerdotale.

Ainsi fut-il, et devant sa famille au grand complet, revêtu d'une grande aube blanche, il se trouva allongé face contre terre dans la grande cathédrale de Cagliari pour prononcer avec ferveur ses vœux de prêtre de l'église catholique. Quel grand jour! Et quelle joie de pouvoir enfin exercer son ministère auprès de frères qui allaient lui être confiés !

Quand tous ses camarades avaient joué des coudes pour obtenir une première affectation qui pourrait leur ouvrir la porte de carrières brillantes, voire même un poste à Rome, Ricardo avait timidement demandé à être envoyé dans n'importe quel village, si possible un peu isolé, où il pourrait mener une vie simple et où son intelligence limitée ne dérangerait pas les paroissiens. « Alléluia ! », s'était dit l'Evêque en entendant cette demande, « cela fait déjà un an qu'il n'y a plus de prêtre à Castelsardo, et aucun de mes prêtres n'accepte d'y aller. C'est l'occasion rêvée ! »

Et c'est ainsi qu'il y a déjà quinze ans, Ricardo Veggetti fût nommé curé de ce tout petit village, perché sur un monticule au bord de l'eau, à l'ombre d'un château dont il ne restait plus que les ruines.

Au début, tout se passa bien, les paroissiens étaient ravis de leur nouveau curé - un jeune, en plus- et les sermons très courts dont il avait l'habitude (parfois seulement deux phrases tirées de la revue du clergé Romain) n'étaient pas pour leur déplaire.

Mais après environ deux ans, Ricardo sentit qu'il se passait quelque chose. Au début, c'était juste une impression quand il priait tout seul le soir, ou au réveil quand il commençait sa journée en récitant son chapelet comme il en avait pris l'habitude au séminaire. C'était un sentiment de légèreté, de plénitude. Son esprit devenait brumeux, il ne sentait plus ses genoux, il avait l'impression de flotter dans une sorte de béatitude.

Cela arriva une fois, puis deux, puis une fois par semaine. "Pas de quoi s'inquiéter", se dit Ricardo, qui pensa d'abord à un manque de sucre, ou de sels minéraux. Sa vie de sainteté et de privations pouvant en effet facilement expliquer ces symptômes, il entama une cure de vitamines prescrite par le médecin du village. Mais cela ne s'améliora pas et il lui sembla même que cela empirait. La fréquence des crises semblait stabilisée (environ une fois par semaine), mais les crises étaient de plus en plus marquées, l'impression de légèreté était parfois si forte qu'il avait l'impression de voler! Et non seulement il en avait l'impression, mais il sentait très nettement le sol s'éloigner et le plafond se rapprocher. "Mon pauvre Ricardo", se disait-il en lui-même, "tu n'étais déjà pas très malin, voilà maintenant que tu perds complètement la tête !"

Il fallut qu'une fois il cogne fortement le plafond, dans sa chambre qui faisait au moins trois mètres de haut, et qu'il voie ensuite la marque rouge sur son front et la petite trace de sang au-dessus de son prie-Dieu pour se rendre à l'évidence : il lévitait! Lui, le pauvre prêtre admis presque par pitié à l'ordination, recevait des grâces mystiques en principe réservées à des personnages illustres de l'Eglise, aux plus grands saints qu'il avait toujours rêvé d'imiter !

Il garda au début cela pour lui, par humilité et également parce qu'il se demandait bien comment l'annoncer à ses paroissiens. Il veillait simplement, lorsqu'il priait, à fermer la porte de sa chambre ou de la chapelle afin de ne pas créer de scandale si un paroissien le surprenait en l'air pendant ses dévotions.

Mais le problème empira : les crises commencèrent à arriver en dehors des moments de prière, lorsqu'il balayait tranquillement la chapelle, lorsqu'il prenait ses repas, et même une fois cela lui arriva alors qu'il allait acheter quelques fruits à l'épicerie de la rue voisine. Il abandonna en urgence ses fruits sur le comptoir, bredouilla quelques excuses inintelligibles et dût courir jusqu'au presbytère où il réussit de justesse en baissant la tête à passer la porte avant que ses pieds ne décollent du sol. Ce n'était plus possible, il devait faire quelque chose.

Il prit rendez-vous avec Monseigneur Stromboli, qui venait d'être nommé évêque de Sardaigne. Celui-ci se renseigna sur le père Ricardo auprès de ses collaborateurs. "C'est un prêtre un peu simple, un peu simplet même" lui dit son secrétaire avec un sourire narquois fort peu évangélique. "Il ne pose en principe pas de problème, l'évêque précédent n'avait jamais eu à s'en plaindre : le plan était de laisser végéter le père Veggetti à Castelsardo jusqu'à sa mort". Rassuré, l'Evêque reçut le père Ricardo : mais celui-ci, très impressionné et ému, lui bredouilla un discours incompréhensible où il était question d'extase mystique, de miracle, et même de lévitation !

Monseigneur Stromboli resta silencieux quand Ricardo, essoufflé et tout rouge, eut fini son exposé. "C'est bien ma veine", pensait l'évêque, "je suis nommé depuis moins de six mois et j'ai déjà un prêtre qui devient fou ! En plus, cela prend une forme pseudo mystique, ce genre de cas qu'adorent les médias et que Rome déteste... de quoi compromettre ma carrière..."

"Mon cher Père Veggetti", dit-il au prêtre d'une voix suave qui ne s'utilise plus de nos jours que dans l'église, "votre expérience est unique, et peu de gens sont préparés à la recevoir. Pour ne pas effrayer les fidèles, mais aussi vos frères du clergé, je vous demande solennellement de garder le plus grand secret sur ce qui vous arrive, et de veiller à ce que personne ne s'en rende compte". "Mais Monseigneur", dit Ricardo, "c'est peut-être un message pour l'humanité, pour l'Eglise ? Et comment faire pour cacher une démonstration aussi visible ?"

"Vous trouverez bien quelque chose, mon cher Veggetti, et vous n'allez quand même pas prétendre que c'est vous qui avez été choisi, parmi tous les prêtres du monde, pour annoncer un message à l'humanité ? Rentrez donc chez vous, reposez-vous bien et surtout gardez le silence absolu ! »
L'Evêque commençait à perdre patience, et pensait déjà à son rendez-vous suivant.

"Monseigneur !", supplia le bon père Veggetti, "Comprenez ma détresse, ne pouvez-vous pas au moins en parler à d'autres confrères, ou à Rome, pour qu'ils puissent m'aider?"

A l'évocation des autorités supérieures, Monseigneur Stromboli bondit de son siège. "C'est assez ! Au nom de l'autorité qui m'a été donnée par Rome, je vous ordonne le silence et si le bruit me parvient que vous avez recommencé, je vous ferai interner à l'asile de Cagliari. Je connais le directeur et il saura, croyez-moi, vous faire passer ces vilaines habitudes de voler ! L'entretien est terminé !"
L'évêque sortit furieux, laissant le pauvre Ricardo en pleurs et complètement démuni. Ainsi, il ne recevra pas d'aide de sa hiérarchie, et

bien pire, celle-ci est prête à l'enfoncer au moindre risque de scandale !

Il retourna tristement à Castelsardo (heureusement, il n'eut pas de crise sur le chemin du retour dans la voiture que lui avait prêtée un de ses paroissiens). Il reprit ses activités, tout en cherchant un moyen de lutter contre ces crises. Il sortait de moins en moins. Quand il recevait ses paroissiens pour les confessions, ou lors des réunions, il restait assis dans un fauteuil à accoudoirs qu'il avait discrètement équipé d'une ceinture qu'il attachait dès qu'une crise se profilait. Finalement, grâce à son fauteuil, il arrivait à mener une vie presque normale, malgré les crises hebdomadaires.

Le seul problème était la messe. Il ne pouvait pas rester assis pendant tout l'Office, et une fois déjà, il avait dû quitter la cérémonie en urgence au moment de la consécration, plantant là ses paroissiens médusés. Il avait dû se justifier le lendemain en inventant un problème digestif soudain, probablement lié à la consommation d'huîtres ramenées du continent par un ami. Mais il ne pouvait utiliser la même excuse à chaque fois !

Le pauvre Ricardo se creusait la tête pour trouver une solution. Chaque messe était devenue un cauchemar: la nuit du Samedi au Dimanche, il dormait mal, faisant des rêves épouvantables. Une fois même, il rêva qu'il s'envolait pendant la messe, poursuivi par un évêque en blouse blanche, entouré d'infirmiers musclés parmi lesquels un grand chauve, portrait craché du professeur Dominicain de ses études, criait : "Veggetti, tu ne connais donc pas les commandements? Il est écrit que tu ne voleras pas ! Tu ne voleras pas ! Tu vas mourir, tu vas mourir !"

Ricardo se réveillait en sursaut de ses cauchemars, et n'arrivait plus à se rendormir. Il était de plus en plus épuisé. Les paroissiens voyaient la transformation de leur curé et ils comprirent que quelque chose n'allait pas. Lui qui auparavant se réjouissait toujours de les accueillir le Dimanche matin avec un mot pour chacun, un sourire, qui était toujours disponible pour les écouter, les visiter, n'apparaissait plus que quelques secondes avant l'office. L'air fatigué, il allait vite s'asseoir dans le grand fauteuil face à l'assemblée, s'accrochait aux accoudoirs comme s'il soupçonnait que quelqu'un allait se lever pour les lui voler, et gardait un air anxieux en regardant ses fidèles. Au moment de la liturgie Eucharistique, il se levait et semblait s'agripper à l'autel, prononçant les textes sacrés le plus vite possible, comme le curé des trois messes basses attendant son réveillon de Noël.

Et pourtant, les paroissiens connaissaient sa vie frugale et son détachement des plaisirs matériels ! De l'avis général, il ne pouvait donc s'agir que d'une dépression et si Castelsardo voulait garder son prêtre, il allait falloir l'aider... En premier lieu, et cela arrangea bien et l'évêque et Ricardo, il fallait garder le silence. Une sorte d'omerta s'organisa dans le village autour de la maladie du Père Veggetti. Tous les contacts avec les autorités civiles et avec l'évêché étaient filtrés : le message officiel était que tout allait pour le mieux dans la paroisse de Castelsardo.

Mais il fallait également agir. Un soir, trois paroissiens, choisis parmi les plus sages, vinrent voir le père Ricardo après le dîner.
Malgré les supplications du bon père, ils refusèrent de partir tant que le problème n'aurait pas été expliqué et résolu. Après de nombreux refus, le père Ricardo finit par trahir le serment de silence fait à l'évêque. Heureux de pouvoir enfin partager ce fardeau trop lourd pour lui, il avoua à ses amis ses difficultés, ses crises mystiques, sa lévitation, et son inquiétude de devoir un jour renoncer à la prêtrise qui était l'unique but de sa vie. Ils restèrent discuter toute la nuit, cherchant une solution à ce qui paraissait

un problème insoluble. Au petit matin, ils se séparèrent épuisés mais heureux : ils avaient enfin une solution pour garder leur prêtre...

L'évêché n'entendit jamais plus parler du père Ricardo, et pour être honnête, personne à Cagliari ne chercha à recevoir de nouvelles. Le père Ricardo resta curé de son village pendant 48 ans, ce qui est probablement un record dans l'histoire de la Sardaigne. Puis il mourut de sa belle mort, entouré de ses paroissiens, et fut enterré dans le petit cimetière donnant sur la mer.

L'Evêque Stromboli avait pris sa retraite. Après une brillante carrière à Rome (il avait même été secrétaire adjoint de la bibliothèque du Vatican), il était revenu finir ses jours à Alghero, dans une petite maison héritée de sa maman. Un jour, plusieurs années après la mort du père Ricardo, il fut invité à dîner chez des amis à Lu Bagnu. Arrivé en avance, il décida de faire un petit détour par Castelsardo pour visiter la ville et passer voir la paroisse de ce vieux prêtre fou qu'il avait rencontré une fois à Cagliari.

En montant dans le village, il trouva l'église ouverte. Dès le porche, il remarqua son aspect étrange : le bâtiment avait été baptisé "Eglise des plongeurs" et tout semblait faire référence au fond des mers. Les fresques représentaient des plongeurs dans différentes tenues. Une prière mariale était affichée à l'entrée de l'église, demandant à notre Dame des mers de protéger non seulement les marins, mais également d'étendre sa protection maternelle à ceux qui vivaient ou travaillaient au fond des mers. Certaines statues de saints avaient été équipées d'équipements de plongée: des palmes, des masques, même un tuba ! "N'importe quoi !", pensa l'évêque, "Je savais bien que ce prêtre était fou !"

Sur un des murs latéraux était affichée une grande photo un peu jaunie. Devant des paroissiens souriants on y voyait un vieux prêtre, recouvert d'une étole blanche, disant la messe d'un air heureux et paisible, rayonnant d'une aura de sainteté communicative. En se penchant sur la photo, il sembla bien à l'évêque que sous son étole, le prêtre ne portait pas d'aube, ni de soutane, mais qu'il était équipé d'une tenue de scaphandrier...

Collection

Ernesto Panzani reconnut l'enveloppe au premier coup d'œil, lorsqu'il arriva à son bureau vers 9 heures

« Encore ! » se dit-il en soupirant, « cela commence à devenir vraiment inquiétant ». Il coupa délicatement le papier, prenant soin de ne pas laisser d'empreinte, comme il l'avait vu faire dans les séries policières qu'il aimait regarder certains soirs. Mais ce qui l'amusait tant dans les scénarios des feuilletons lui paraissait maintenant très désagréable. Il faut dire que la vie paisible et respectable de Notaire dans une petite ville de Sardaigne ne l'avait pas préparé à des situations de ce type. Il avait d'abord traité par le mépris les premières lettres anonymes reçues, mais cela faisait déjà plus de trois mois qu'il en recevait deux ou trois par semaine, et il commençait à perdre son calme.

Comme les précédentes, la lettre contenait une feuille blanche quadrillée, sur laquelle des lettres découpées dans un journal formaient une seule phrase : cette fois, il était écrit « Panzani, rends-moi mon héritage ! ».

Le texte était chaque fois une variation sur le même thème. Parfois, on le traitait de voleur, parfois d'escroc, parfois c'était juste une demande de justice, dans tous les cas, cela le visait directement, à propos d'un héritage qu'il aurait volé.

Le pauvre Ernesto supportait de plus en plus mal ces lettres, d'autant qu'il n'avait aucune idée de l'origine de ces insultes. Il avait beaucoup réfléchi pour comprendre qui pourrait lui en vouloir de la sorte, mais il pensait avoir toujours été d'une honnêteté scrupuleuse dans son métier. Bien sûr, il s'était d'abord demandé si cela ne venait pas des difficultés rencontrées par son père, et si un des clients lésés à l'époque n'avait pas soudain décidé de se venger. Mais cela faisait presque 30 ans, et il lui semblait s'être mis d'accord avec toutes les personnes qui avaient dû subir les mauvais placements paternels. De toutes les façons, son père, malgré une gestion très douteuse des fonds de l'étude, n'avait jamais, à sa connaissance, détourné d'héritage.

Il était lui-même fils unique, et ayant surtout hérité au décès de son père de montagnes de dettes et de problèmes, il avait rapidement éliminé la piste personnelle. Il n'imaginait pas que quelqu'un dans sa famille pense avoir des droits sur l'héritage dont il avait été le "bénéficiaire".

Ne trouvant aucune raison rationnelle, il avait ensuite pensé à une farce de mauvais goût, mais si c'était le cas, cette fois la plaisanterie avait assez duré. Il devait réagir s'il ne voulait pas y laisser sa santé mentale.

Il sortit vite du bureau, demandant en passant à sa secrétaire d'annuler tous les rendez-vous de la matinée. Il devait en parler à son ami Guiseppe Bonzini, qu'il trouverait certainement attablé à la terrasse du *cafe di Roma* où il avait ses habitudes. Guiseppe avait été pendant plus de dix ans le commissaire de police d'Alghero, et quand il avait pris sa retraite, il avait décidé de rester vivre dans cette ville pleine de charme. A part son métier, qu'il avait toujours exercé avec enthousiasme, Ernesto ne lui connaissait que deux passions: la pêche sur son petit canot en bois, et le café qu'il consommait à toute heure du jour aux terrasses des différents établissements de la ville.

Les deux amis s'étaient rencontrés à l'époque où Ernesto essayait de sauver l'étude de son père : impressionné par l'énergie et la volonté d'Ernesto, Guiseppe l'avait aidé en calmant les clients lésés, allant jusqu'à faire traîner leurs dépôts de plaintes pour laisser à l'Etude notariale le temps de relancer son activité. De cette période difficile était née une amitié solide, qui n'avait fait que se renforcer au fil des années.

Le notaire repéra rapidement Guiseppe. Assis à l'ombre, il lisait le journal du jour en sirotant sa boisson favorite. "Guiseppe, j'ai besoin de ton aide! " lui dit-il en s'asseyant. Et sans lui laisser le temps de répondre, il raconta ses mésaventures : il décrivit les lettres, leur fréquence, son inquiétude. "Le pire, c'est que je n'ai aucune idée de la cause de cette persécution!"

L'ancien commissaire se frotta la tête en silence, comme pour faire remonter à la surface ses anciens réflexes. « Tu as raison de t'inquiéter, Ernesto, il n'est pas normal que cela continue après plusieurs semaines. As-tu apporté les lettres, que je puisse les analyser ? »

Le notaire eut une bouffée d'espoir en voyant que son ami prenait son problème au sérieux, et sortit la grande pochette où il classait les lettres anonymes. Guiseppe les étala sur la table du café, et commença son analyse : il s'attardait sur chaque lettre collée sur le papier, sur la syntaxe, puis sur les enveloppes, les timbres, les tampons de la poste étant malheureusement illisibles.

Au bout d'un moment, il leva la tête vers son ami : « sais-tu de quelle collection il est question dans cette lettre ? » Et, il lui tendit une des lettres où était écrit : « Panzani, tu collectionnes ? » Le notaire se souvenait avoir reçu ce mot, mais il n'y avait vu qu'une insulte parmi les autres. Non, Ernesto ne voyait pas du tout de quelle collection il aurait pu s'agir. Il avait bien commencé une collection de billes quand il avait sept ou huit ans, et certaines avaient peut-être été gagnées en trichant un peu dans la cour de l'école, mais il lui paraissait peu vraisemblable qu'un ami d'enfance lui en veuille encore.

Le commissaire insista: « Ce mot ne peut être un hasard. C'est la seule phrase qui n'ait pas de sens dans tous les messages, je crois qu'il faut que tu regardes dans cette direction. » Les deux amis cherchèrent en vain jusqu'à l'heure du repas, où le notaire dût repartir vers son bureau pour un déjeuner. « Je vais y penser encore ce soir, je t'appelle si une idée me revient », dit-il en remerciant son ami.

La sonnerie du téléphone retentit vers deux heures du matin. Guiseppe dormait profondément et il lui fallut une dizaine de sonneries avant de décrocher et d'entendre la voix toute excitée de son ami Ernesto :

« Guiseppe, viens vite me rejoindre à l'étude, je crois que j'ai trouvé. Je me suis souvenu d'une affaire vieille de plus de dix ans, et cela concerne une collection ». Guiseppe grogna un accord et raccrocha. « Il parait que c'est à ce genre d'appels nocturnes qu'on reconnaît ses amis », grommela le vieux commissaire en s'habillant en hâte, « mais ce n'est quand même plus de mon âge ! »

Il habitait à quelques centaines de mètres de l'étude, et ils se retrouvèrent rapidement dans le bureau du Notaire où Ernesto avait déjà préparé un café. Ils s'assirent face à face et Ernesto raconta l'histoire qui lui était revenue en mémoire.

« J'ai reçu un appel il y a dix ans d'un vieil ami médecin qui exerçait à Castelsardo, sur la côte Nord. Un de ses clients était mourant, et il avait convaincu ce dernier de faire appel à mon Etude pour gérer la succession. Il avait déjà un notaire de famille, mais les relations étaient très tendues entre les futurs héritiers, et l'intervention d'un notaire spécialisé dans les relations familiales semblait nécessaire. Mon étude n'avait pas encore une activité suffisante pour être rentable, et j'étais très content de m'occuper d'un nouveau dossier! Quelques semaines plus tard, je reçus le certificat de décès et les premiers éléments de la succession. A priori, le cas était simple: le

défunt avait peu de biens, essentiellement une petite maison dans le village, qu'il léguait à ses deux fils qui vivaient tous deux également à Castelsardo.

Comme je le fais souvent dans ce cas, je fis le déplacement et pris rendez-vous séparément avec chacun des fils. Pour faciliter le travail, je leur donnai rendez-vous à tour de rôle dans la maison de leur père. Et c'est là que je compris pourquoi on avait fait appel à moi…

Dire que les deux frères ne s'entendaient pas était un doux euphémisme : l'aîné, que je reçus en premier, paraissait un homme calme et doux. Mais à la mention du nom de son frère, il s'échauffa d'un coup, l'insultant sans réserve, le traitant de voleur, de menteur, et de toutes sortes de noms d'oiseaux. J'avais déjà vécu des situations tendues, mais j'étais quand même choqué d'entendre ce discours dans la pièce même où leur père avait rendu l'âme la semaine précédente ! Je mentionnai avec prudence la question du partage des biens, pour sonder les intentions de mon interlocuteur. Pour la maison, les meubles, qui étaient les seuls biens mentionnés dans mon dossier, le fils aîné n'avait pas de désir particulier. Le plus simple lui paraissait de vendre et partager l'argent à part égale. (Voilà déjà un point facile à régler, *pensai-je), mais mon interlocuteur ajouta qu'il réclamait en revanche l'intégralité de la collection de son père !*

Face à mon incompréhension, il m'expliqua que son père avait constitué depuis l'âge de 8 ans une collection de sandales trouvées sur les plages de la région, et que lui-même y tenait beaucoup. Il avait accompagné son père de très nombreuses fois dans des promenades de long de la côte à la recherche de sandales perdues et il voulait hériter de cette collection. Il ajoutait que cette collection avait été l'œuvre d'une vie entière, et qu'il n'était pas question de la diviser! Il me mit encore une fois en garde contre la malhonnêteté de son frère et me recommanda même de mettre la précieuse collection à l'abri du vol !

Très surpris, je l'assurai que j'allais faire du mieux possible et le laissai partir.

Je reçus ensuite l'autre frère. Plus jeune de seulement quelques années, il avait également un air paisible. Mais je revécus à peu de chose près la même scène qu'avec l'aîné : insultes envers le frère, arrangement facile sur la maison, mais demande expresse d'hériter de l'entière collection de sandales.

Quand il fut sorti, je fis la visite de la maison, afin d'estimer la valeur de celle-ci et des biens qu'elle contenait. J'étais également, je l'avoue, très intrigué par cette collection qui semblait attirer tant de convoitise. Je la trouvai au grenier : dans les combles, le sol était encombré de vieilles sandales : il y en avait probablement trois ou quatre cent, posées par terre dans la poussière. Elles étaient rangées par taille, sans aucune logique de forme ou de couleur. Détail amusant, elles étaient presque toutes dépareillées, avec une forte majorité de pieds gauches. Cela me paraissait tout juste bon pour la décharge, mais j'avais été mis en garde, et je devais faire mon travail avec rigueur en mettant cette collection à l'abri.

Le lendemain, j'appelai mon ami Pietro, qui tenait le magasin de fruits et légumes en face de mon étude, et qui me rendait régulièrement des petits services de déménagement. Grâce à son vieux triporteur, très pratique pour circuler dans les rues étroites de Castelsardo, nous réussîmes en une journée à transférer la "collection" dans un vieux grenier inutilisé au-dessus de mon étude à Alghero.

J'en avais profité pour compter les chaussures, il y en avait 327, et je ne voyais vraiment pas comment ces vieilleries en mauvais état pouvaient présenter une quelconque valeur. Pour en avoir le cœur net, je fis appel au directeur du musée d'art sacré qui jouxte la cathédrale d'Alghero. Ce n'était probablement pas sa spécialité, mais au moins il avait une petite expérience de l'estimation d'objets anciens. C'était un homme jovial, qui contrastait avec l'aspect austère de son musée. Dès que je lui en parlai, sa curiosité fût piquée et il arriva presque en courant. Quand il vit les sandales étalées sur le sol, il partit d'un grand rire sonore.

"Mon ami Ernesto, si tu veux mon avis, tout cela n'a strictement aucune valeur ! Je ne vois pas qui cela pourrait intéresser, même pour un don gratuit. Il faudrait que tu trouves un club de vacance pour unijambistes !" Son rire communicatif m'emporta, et nous descendîmes en riant vers la place.

Dans les semaines qui suivirent, je m'occupai de la vente des meubles et de la maison, puis envoyai les fonds aux deux frères. En ce qui concernait la "collection", je leur envoyai au moins trois propositions de partages différents, par taille des sandales, par couleur, par pied : gauche ou droite, mais je reçus à chaque fois des réponses négatives. La seule proposition qui ne reçut pas de refus définitif *était la création d'un musée de la sandale dans une des villes de la côte. J'écrivis donc aux mairies de quelques villes en leur faisant cette proposition.*

Le responsable des affaires culturelles d'Alghero me répondit sur un ton pincé que sa ville d'art et d'histoire était une des plus anciennes de Sardaigne, et que ce genre de collection n'y avait pas sa place.
Le maire de Castelsardo me répondit en personne, sur un ton ironique: le village ayant déjà beaucoup de mal à valoriser son important patrimoine historique, il ne pouvait se lancer dans un nouveau projet aussi ambitieux... Il finissait sa réponse en remerciant « le collectionneur qui avait contribué, à sa manière, au nettoyage des 36 kilomètres de plage de la commune. » Je préférai ne pas écrire à Sassari, car cette ville importante avait déjà tendance à développer un complexe de supériorité envers les villes de la côte, ce n'est pas ma proposition qui allait redorer l'image d'Alghero!"

Ernesto reprit son souffle et poursuivit:

" Guiseppe, j'ai regardé toutes les affaires traitées par l'étude depuis le début de mon activité, et c'est la seule collection sur laquelle je suis tombé. Comme tu le vois, j'avais fait mon travail sérieusement et je suis absolument certain que ces sandales n'avaient aucune valeur. Je me souviens même encore de mon ami du musée d'art sacré, qui suivait avec amusement mes démarches, me promettant qu'il mangerait un chapeau si je tirais le moindre argent de ces vieilleries!

Pour être honnête, j'avais fini par laisser tomber, et j'avais même oublié jusqu'à ce soir la présence de la collection dans mon grenier. C'est une pièce qui ne me sert jamais ».

Guiseppe se servit une nouvelle tasse de café pour lutter contre le sommeil. « Tu veux dire que cette fameuse collection est encore dans le grenier au-dessus de nous ? »

« En principe oui, comme je te l'ai dit, ce grenier ne sert à personne, je crois même que j'ai perdu la clé »

Guiseppe retrouva une partie de l'énergie de sa jeunesse et se leva gaiement : « Allons-y, il faut en avoir le cœur net : les lettres anonymes ont certainement un rapport avec ces sandales. Je n'ai plus la même santé qu'avant, mais ce n'est pas une vulgaire porte de grenier qui va arrêter le commissaire Bonzini ! »

Les deux amis montèrent jusqu'au sommet de l'escalier, s'enfoncèrent dans le couloir étroit qui serpentait sous les toits, et arrivèrent devant une porte en bois dont la peinture avait presque complètement disparu. Ils n'eurent pas besoin de fracturer la serrure, celle-ci avait visiblement déjà été forcée. A l'intérieur, il n'y avait plus rien : pas une trace de chaussure ou de sandale. La collection avait été dérobée, et si on en croyait la poussière accumulée sur le sol, cela faisait déjà de nombreuses années.. "Un vol dans mon étude!", soupira Ernesto, que l'inquiétude recommençait à gagner, "il ne manquait plus que cela!"

Revenus dans le bureau du notaire, ils firent le point : le lien avec les lettres leur paraissent maintenant évident, d'autant qu'ils n'avaient pas d'autre piste. En y réfléchissant, les suspects naturels étaient les deux frères, qui étaient les seuls à sembler trouver de la valeur à cette collection.

Porter plainte n'était pas une option acceptable: la collection ne valait rien, ils n'avaient pas de date d'effraction, et surtout, Ernesto ne voulait pas qu'on apprenne qu'il avait oublié une partie de l'héritage dans son grenier, et encore moins qu'il s'était fait voler des objets placés sous sa garde.

Il fallait donc retourner à Castelsardo ! Ils résolurent d'y aller dès le lendemain pour rencontrer les deux frères, sous un prétexte quelconque (Ernesto pouvait leur demander de signer un papier en prétendant vouloir régulariser pour la forme un détail concernant l'ancienne vente de la maison) et voir si ceux-ci avaient une animosité particulière envers le notaire.

Ils trouvèrent chacun des deux frères à leur domicile, mais aucun des deux ne manifesta de sentiments particuliers envers le notaire. Même la mention discrète de la collection n'éveilla aucune remarque de leur part. Il semblait qu'il l'avait oubliée, ou plutôt que leur but avait toujours été uniquement de se nuire l'un à l'autre, les sandales n'étant qu'un prétexte. Visiblement, les relations fraternelles ne s'étaient pas améliorées, et les deux frères ne purent se retenir longtemps de proférer de copieuses insultes mutuelles, à peu de chose près les même que dix ans auparavant.

Ayant pris congé, les deux amis déçus s'assirent à la terrasse d'un café dominant la mer, au pied du château. « C'est une fausse piste », se lamentait Ernesto, « nous voilà repartis à zéro ! ». « Je suis d'accord avec toi », répondit Guiseppe en sirotant son café, « mais il n'empêche qu'à mon avis, ces lettres sont liées à la collection de sandales. Il faut trouver un autre acteur tournant autour de cette affaire».

Ils continuèrent à discuter, reprenant l'histoire depuis le début, s'attardant sur chaque protagoniste. « Le médecin de Castelsardo ne peut être le corbeau », disait Ernesto. « C'est un ami de longue date, et il est parti à Rome pour sa retraite. Ce n'est pas possible… » Soudain, en se rappelant l'appel téléphonique du médecin il y a 10 ans, il eut une idée: « et si nous allions voir leur précédent notaire! Il avait été écarté de la succession, mais il les connaissait depuis longtemps, il aura peut-être des idées, peut-être connaissait-il la collection? Il me semble qu'il travaillait à Sardini. Il doit être très vieux maintenant, peut-être mort. Il faut en avoir le cœur net. Partons tout de suite ! »

Les deux amis montèrent dans leur voiture et prirent la route de montagne vers le Sud. Situé à une quinzaine de kilomètres à l'intérieur des terres, Sardini avait été un village prospère, avant que le développement du tourisme n'attire toute l'activité vers les plages. Le village avait maintenant l'air presque mort, les seules personnes visibles étaient quelques vieillards assis à l'ombre sur la place de l'église. Ils trouvèrent facilement l'étude notariale, située sur une place proche de la mairie.

La grande bâtisse avait été une belle maison bourgeoise, mais, toute décrépie, elle avait maintenant l'air fermée, et hormis une vieille plaque en cuivre toute abîmée, rien n'indiquait qu'un notaire y exerçait encore. Ils sonnèrent à la porte principale, et après quelques minutes, une dame habillée en blanc vint leur ouvrir. Un peu surpris, ils demandèrent à rencontrer le notaire.

La dame les regarda un moment d'un air entendu et désolé, puis les fit rentrer. L'étude était visiblement fermée depuis longtemps, et le bâtiment semblait transformé en maison d'habitation.

Soudain, les deux hommes marquèrent ensemble un temps d'arrêt en entrant dans la salle principale: sur la table encombrée, un journal était ouvert, et tout autour, étaient répandues des lettres découpées aux ciseaux ! Un kit complet pour lettres anonymes ! Avant que les deux amis aient pu réagir, la dame leur demanda :

« J'imagine que vous avez reçu des lettres. Vous devez être notaires ? »

Estomaqués, les deux amis écoutèrent la jeune femme leur expliquer la situation. Elle était infirmière, et venait quatre heures par jour s'occuper du vieil homme. Celui-ci avait presque perdu la tête depuis sa faillite, il y a cinq ans, quand l'activité déclinante du village avait eu raison de son étude. Déprimé, il avait consacré ses dernières années d'activité à se venger de tous les notaires qui lui avaient volé des dossiers, disait-il. C'était devenu une idée fixe, il avait même été jusqu'à cambrioler les études de certains de ses confrères !

Maintenant, il était presque invalide et son activité se limitait à envoyer des lettres d'insultes. « Je pensais l'avoir convaincu d'arrêter! J'essaye de l'empêcher, mais je ne suis ici qu'à temps partiel et je ne peux quand même pas l'enfermer ».

L'infirmière se leva, car une voix maladive venait de l'appeler depuis la pièce voisine. « Vous m'excuserez, je dois m'occuper de ses soins. Ne vous inquiétez pas, je vous assure qu'il est inoffensif ».

Les deux amis prirent congé et rentrèrent le cœur joyeux vers Alghero : Ernesto, rassuré, allait enfin pouvoir reprendre la vie de routine paisible qu'il aimait tant, et Guiseppe était tout heureux d'avoir retrouvé pour quelques jours le dynamisme de son ancien métier.

Quelques années plus tard, Ernesto regardait le journal télévisé local quand un sujet lui rappela cette affaire. Le porte-parole de l'évêché de Cagliari était interviewé. Après une longue analyse, disait-il, l'Eglise venait de reconnaître officiellement comme relique une sandale de Padre Pio, qui avait été retrouvée dans une cave de Sardini.

Cette sandale complétait en effet parfaitement la sandale droite exposée à la cathédrale de Milan depuis 1983. Le porte-parole poursuivait : « C'est un véritable miracle :

comment la sandalette a pu arriver là ?   Le bienheureux capucin est venu une fois à Lu Bagnu pour prêcher une retraite, mais il est prouvé qu'il n'est jamais passé par Sardini! » Il fallait certainement y voir un signe de la providence.

En remerciement pour ce signe divin, l'évêque lançait une souscription pour ériger une statue du saint homme ; le lieu choisi était l'esplanade en face de l'abbatiale de Terglu où serait exposée la relique d'ici la fin de l'année. Les discussions étaient en cours avec Rome pour faire du jour de la découverte, considérée comme la date du miracle, une fête religieuse locale.

« Les voies du Seigneur sont décidément bien impénétrables », sourit Ernesto. Il éteignit le téléviseur, choisit avec soin son plus ancien chapeau, et sortit en direction du musée d'art sacré.

L'esprit du sport

Toute l'Italie retenait son souffle. Ce soir, en mondovision, allait se jouer un des rares moments de ferveur dans nos sociétés modernes. Toute la nation, d'un seul cœur, allait communier sans réserve…

A la suite d'un parcours appliqué, sans éclat mais sans erreur majeure, l'équipe nationale de football allait jouer la demi-finale de la coupe du monde! Encore une étape et le graal était à portée de main! Cette compétition se déroulant alternativement dans les différents continents, cette fois c'est l'Australie qui organisait l'épreuve.

Bien sûr, lorsque la Fifa avait annoncé le choix du pays d'accueil, beaucoup, en particulier les autres pays candidats, avaient protesté. Ils soulignaient les problèmes liés à la distance : peu de supporters pourraient venir d'autres pays, le voisin le plus proche, la nouvelle Zélande, était à plus de 4000 kilomètres! De plus, l'Australie n'était pas une terre de football : leur équipe, qualifiée d'office cette fois en tant qu'organisateur, n'avait jusqu'alors jamais passé le premier tour.

Les sponsors s'étaient également inquiétés de cette localisation, car ils voyaient mal comment rentabiliser les spots publicitaires achetés à prix d'or en ayant 12 heures de décalage avec l'Europe. Le problème avait été résolu quand les joueurs avaient accepté le principe de match "en matinée", ce qui voulait dire 9 heures du matin, heure locale. Cela impliquait un lever avant six heures, pour des joueurs habitués à des vies nocturnes agitées et des levers tardifs ! Chaque équipe s'organisa au mieux pour gérer ces contraintes, cette difficulté permit d' ailleurs à certaines équipes éliminées précocement (comme par exemple l'Angleterre) de trouver des excuses à leurs champions et donc de garder la tête haute malgré la défaite.

De leur côté, les Italiens pouvaient être fiers de leur équipe, qui allait rencontrer ce soir l'équipe d'Allemagne, autre géant mondial du foot. Les pronostics étaient incertains, mais personne en Italie ne pouvait imaginer autre chose qu'une victoire, se promettant d'ajouter à l'issue de la compétition une cinquième étoile sur les maillots de la sélection nationale.

Si toute l'Italie s'apprêtait à cesser toute activité pour encourager son équipe, ce match avait une saveur toute particulière pour la ville d'Alghero, située sur la côte Nord-Ouest de la Sardaigne. Roberto Ceccaldi, le propre fils du maire de la ville, allait pour la première fois porter les couleurs de l'équipe nationale !

Il devait cet honneur à une suite d'événements surprenants : gardien de but de l'équipe de Marseille, en France, il avait été sélectionné comme troisième gardien dans la liste des 22 joueurs se déplaçant en Australie. C'était une grande fierté pour lui et pour sa ville, mais, si presque tous les sélectionneurs choisissent trois gardiens, c'est uniquement par prudence, le gardien titulaire assurant en général toute la compétition. Surtout quand celui-ci, à presque 40 ans, était considéré comme un des meilleurs gardiens du monde, et assurait la protection des buts du pays depuis presque dix ans. Il était presque une icône en Italie !

Au retour du premier match où il avait effectué quelques très beaux arrêts, le premier gardien avait décidé de rentrer seul en voiture. Ce n'était pas autorisé par le règlement, mais son statut particulier lui permettait quelques écarts. Mal lui en prit car, croyez-le ou non, sa voiture heurta un kangourou dans un virage ! Le monde entier éclata de rire, sauf les médecins atterrés qui ne purent que constater qu'avec une jambe cassée et trois côtes fêlées, il ne pouvait continuer la compétition...

Le second gardien fit bonne figure au cours des matchs suivants, sauvant même un penalty en quart de finale, et offrant, par ce geste, un ticket d'accès au dernier carré. Mais deux jours avant la demi-finale, il fut terrassé par une crise d'appendicite (à son âge, ne purent s'empêcher de protester les commentateurs), et il dut à son tour abandonner la compétition !

Roberto, qui passait jusque-là un séjour tranquille et sans stress, se trouva d'un seul coup propulsé sous les projecteurs : il fut assailli de demandes d'interview, d'appels de sponsors, et reçut même une demande en mariage ! Les trois quarts des journaux Italiens titrèrent sur sa sélection miraculeuse, à grand renfort de photos, de biographies. Son père fut même interviewé sur la *Raï* ! Sa naissance à Alghero était souvent mentionnée, et la ville profita d'une exposition médiatique inespérée. Quelle chance pour une ville dont le tourisme représente la plus grande partie de l'activité !

Le maire d'Alghero était fou de joie. "C'est un miracle", se disait-il, "à 5 mois des élections municipales, c'est le grand chelem assuré!". Il n'était déjà pas très inquiet pour les échéances électorales : président du club de foot municipal depuis plus de 30 ans, il était maire depuis presque 20 ans, et remportait chaque élection sans trop de difficulté, face à une opposition divisée et sans projet.

Avec la sélection de son fils, il n'aurait même pas besoin de faire campagne !

Pour profiter pleinement de cette aubaine, il régit vite et bien, en politique aguerri : à peine la maladie du second gardien annoncée, il placarda dans toute la ville des invitations à venir regarder le match du siècle et soutenir "l'enfant de Salghero" à la *Plaza Civica*, en face de la mairie où un écran géant permettrait de suivre le spectacle. "La mairie offrira les boissons", précisait l'affiche, car le maire, décidément, connaissait son métier...

Le grand jour était enfin arrivé..

Comment décrire l'atmosphère le soir du match ? Dès la fin de l'après-midi, la foule se pressait sur la place. L'écran géant était arrivé de France dans la matinée (leur équipe ayant été éliminée au tour précédent, ils n'en avaient plus besoin...). Il avait été installé devant la façade de la mairie, en haut de l'escalier majestueux. Au pied des marches, une estrade avait été dressée pour le conseil municipal, qui, dos à la foule, pouvait suivre le match tout en étant parfaitement visible de tous. Des buvettes étaient installées à chaque coin de la place, et des hectolitres de bière avaient été prévus. Un des angles avait prudemment été réservé aux touristes allemands en vacance dans la région, qui allaient, eux aussi, pouvoir profiter de la fête.

Et le match commença enfin, dans une ambiance survoltée.

Alghero était noyé de cris, de hurlements, de bruits de klaxons et de fumigènes. Les odeurs de bière et de cigarettes devinrent rapidement suffocantes, ajoutant à l'excitation de la compétition. Les hurlements gagnaient encore en intensité quand le goal italien touchait la balle. L'ensemble de la place était alors en proie à une liesse quasi mystique. Le maire agitait les bras dans tous les sens, et il semblait parfois presque en rythme avec les mouvements de son fils sur l'écran. Un esprit embrumé (et il y en avait de plus en plus sur la place) pouvait presque imaginer que c'était le maire qui arrêtait les tirs de l'équipe adverse !

La clameur qui suivit le premier but italien faillit détruire les vitres des immeubles voisins. A part du côté des supporters allemands désolés, ce n'était plus qu'embrassade et cris de joie. "On va gagner, on va gagner !" chantaient à tue-tête les conseillers municipaux et le maire, sans qu'on sache vraiment s'ils parlaient du match ou des prochaines élections.

Le deuxième but amena Alghero (et de façon générale toute l'Italie) à des niveaux d'extase rarement atteints, juste avant la mi-temps. Cette fois-ci, c'est gagné, pensaient tous les supporters quand l'arbitre siffla la rentrée aux vestiaires. Pendant la pause, les spectateurs assoiffés par tant d'émotions firent encore baisser le stock de bière; les cafés des places voisines, qui de toutes les façons avaient fermé pour l'occasion, furent sollicités par le maire pour réapprovisionner des boissons en urgence. Aucun ne se fit prier et ne voulait refuser une faveur "au père du champion".

La reprise du match fut plus difficile pour l'équipe italienne. Les allemands, dos au mur, avaient décidé de vendre chèrement leur peau. Leurs attaquants entamèrent une pression très forte, et les buts italiens se trouvèrent souvent en zone de danger. Le goal fit quelques très belles parades (saluées comme il se doit par des réactions hystériques de la place), mais il ne put éviter un superbe tir de l'avant-centre allemand, Carsten Effner qui inscrivit là son quatrième but de la compétition. Le stress monta encore d'un cran.

Les joueurs sur le terrain commençaient également à perdre leur calme. Le jeu devenait plus haché, les actions étaient plus "viriles", et l'arbitre dut à plusieurs reprises distribuer des cartons jaunes aux deux équipes. Mais l'enjeu était trop important pour que cela calme des champions gavés d'adrénaline et conscients des attentes de leurs pays respectifs.

A l'occasion d'une contre-attaque bien menée, Effner commit une faute violente sur le goal italien qui resta au sol quelques secondes avant de se relever. Le joueur allemand s'en tira avec un carton jaune (sous les huées de la place, qui exigeait une expulsion). Les supporters allemands furent regardés de travers, et l'arbitre fut copieusement insulté, les supporters d'Alghero doutant à grand bruit de sa probité, et semble-t-il même de sa virilité !

Le match continuait, de plus en plus chaotique. Les actions étaient presque toujours interrompues par une faute en faveur d'une équipe ou de l'autre. Les accrochages entre les joueurs adverses devenaient permanents, en particulier entre Roberto et Carsten, ce dernier essayant par tous les moyens d'égaliser. Cela ne pouvait pas bien finir...

Sur un corner en faveur de l'Allemagne, l'avant-centre profita de la confusion pour assener un violent coup de pied dans la tempe du goal italien au sol. L'arbitre ne pouvait pas le voir derrière le rideau de joueurs situés devant le but, mais les télévisions montrèrent plusieurs fois au ralenti la vilaine action. La foule d'Alghero se mit à hurler de plus belle, quand soudain, les images sur l'écran paralysèrent tous les spectateurs : Roberto se relevait furieux, incapable de se contrôler, et donnait un magistral coup de tête (ou coup de boule pour les connaisseurs) au joueur allemand qui s'écroula sur le terrain, le nez en sang.

Sur la place, toute vie s'était arrêtée. Tous restaient immobiles, comme figés sur une photographie. Chacun essayait à sa façon de comprendre et d'accepter les images incroyables qui passaient maintenant en boucle sur l'écran géant.

Progressivement, chacun prenait conscience du désastre qu'allait provoquer ce geste suicidaire : le gardien allait être expulsé, la compétition serait terminée pour lui. Et il n'y avait pas d'autre gardien! Un autre joueur allait devoir improviser un rôle aussi difficile, et ceci en phase finale de la coupe du monde! C'était la défaire assurée! Petit à petit, la stupeur fit place à la colère, et très rapidement, celle-ci se focalisa sur Roberto, qui, alors qu'un honneur incroyable lui avait été fait, venait de poignarder son pays dans le dos.

Sur la place d'Alghero, la situation devenait incontrôlable: la fureur des habitants se dirigea tout naturellement vers le maire, puisque c'est son fils qui les avait trahis.

Les premières bouteilles furent lancées en direction de l'estrade (et Dieu sait qu'il y avait des bouteilles vides disponibles sur la place). Puis un mouvement de foule commença à s'exercer vers l'écran, mettant en déséquilibre l'estrade et tout le conseil municipal. Le maire commençait à comprendre que c'était à lui que la foule en voulait, et qu'il était maintenant en danger de mort. Il risquait de finir lynché par ses propres administrés ! Il essaya de s'enfuir par la mairie, mais les portes avaient été fermées en début de soirée par sécurité.

Le commissaire de police comprit très vite le danger, et c'est ce qui sauva l'infortuné maire. Les quelques policiers présents furent rapidement déployés autour du conseil municipal. Ils ne pouvaient contenir une foule aussi nombreuse et aussi furieuse, mais ils réussirent à exfiltrer le premier magistrat et ses adjoints par une ruelle donnant sur le port de plaisance.

Plus personne ne s'intéressait au match qui avait pourtant repris, après la transformation du penalty par l'avant-centre allemand.

Les supporters, voyant que la cible de leur fureur s'étaient enfuie, dirigèrent leur colère vers les supporters allemands et une bagarre générale éclata. La police débordée ne put empêcher la foule de renverser l'écran, qui s'écroula dans un grand éclat de verre, les vitres de la mairie ne pouvant pas résister à un tel choc. Alghero vécut ensuite une nuit de pillage incroyable, inédite depuis les invasions barbares et la chute de Rome. La mairie fut mise à sac, les combats se répandirent dans toute la vieille ville, des voitures furent brûlées, des bateaux de plaisance battant pavillon allemand furent même coulés dans le port !

Le calme ne revint qu'au petit matin, grâce aux renforts venus de Sassari en urgence, et les habitants groggys circulant dans la ville le lendemain ne purent que constater l'étendue des dégâts. On voyait partout des vitres cassées, des inscriptions demandant la mort du traître (probablement le goal, ou son père). L'hôpital débordait de blessés, et une centaine d'interpellations avaient été menées dans la nuit. Heureusement, aucune mort n'était à déplorer, certainement grâce à la réaction rapide et efficace du commissaire Bonzini. Cette nuit d'émeute avait fortement endommagé la ville et il fallut aux équipes municipales des semaines avant de pouvoir accueillir dignement les touristes nombreux en cette saison.

Ces évènements auraient pu ruiner à jamais l'image touristique d'Alghero, mais paradoxalement, ils passèrent presque inaperçus dans les medias. En effet, dans les jours qui suivirent le match, l'Italie était en deuil.

L'équipe nationale avait été éliminée par l'Allemagne (après prolongations), et les italiens étaient fous de rage et de douleur: aucune autre information n'avait alors plus d'importance.

Le très sérieux journal *La Republica* avait même barré sa une d'un bandeau noir, pour la deuxième fois de sa longue histoire. La première fois étant après l'attentat contre Jean-Paul II en 1981.

Le seul sujet qui intéressait le pays était alors de savoir s'il fallait emprisonner le goal félon, le pendre pour trahison, lui retirer sa nationalité, ou juste le bannir. Dieu merci pour Alghero, il n'était plus fait mention dans la presse de sa ville d'origine. Les commentateurs se demandaient en revanche si son appartenance au club français de Marseille pouvait expliquer cette fourberie… Il fallut plusieurs mois avant que la plaie nationale commence à cicatriser.

A Alghero, rien ne pouvait être comme avant. Le maire resta cloitré chez lui pendant plusieurs semaines, il ne se présenta même pas aux élections de Décembre. La liste concurrente l'emporta donc au premier tour, après une campagne électorale basée sur une promesse "anti ballon rond". Une fois élu, le nouveau maire appliqua son programme avec méthode. Le club de football municipal fut fermé, le stade qui avait coûté une petite fortune lors de la mandature précédente fut transformé en terrain de rugby. Même le local historique du club, en face de la mairie, fut confisqué et alloué au club de plongée.

En moins d'un an, le foot fut éradiqué d'Alghero, qui devint alors la seule ville d'Italie à ne pas vibrer à l'évocation du ballon rond. Avec les moyens rendus disponibles, la ville se tourna résolument vers la mer, retrouvant une partie de sa riche histoire maritime. Profitant de l'attractivité des fonds superbes de la baie de *Porto Cortes*, la plongée en eau profonde commença à se développer. La mairie alloua de fortes subventions à ce sport, embauchant même des moniteurs de haut niveau venus de France et d'Australie. Le niveau du club monta régulièrement, certains membres arrivant même régulièrement sur les podiums lors de championnats européens, voire même mondiaux. Depuis cette date, en quelques années, Alghero est devenu un des centres mondiaux de cette activité. Honneur illustre, la ville a même été choisie pour organiser les prochains championnats du monde !

Comble de bonheur, le fils du vendeur de cartes postales de la *Piazza di Roma*, est sélectionné pour la finale d'apnée en eau profonde !

Prudente, la mairie n'a pas organisé d'événement particulier.

La vocation tardive de Marcellino

Marcellino avait été pilote de chasse dans l'armée Italienne. C'était il y a bien longtemps, à une époque où il était jeune et beau, où ses sourcils noirs lui donnaient un air de Marlon Brando ou de Tom Cruise (qui n'était pas encore né ou si peu). Avec ses camarades de la section Victor, ils étaient les seigneurs du ciel, d'où ils regardaient les "rampants", c'est à dire tous ceux qui restaient collés au sol comme des larves, avec le mépris soigneusement enseigné et transmis de promotion en promotion, à l'école de l'air de de *Pozzuoli*, près de Naples.

Il y était rentré de justesse, au deuxième essai, après deux années de dur labeur où il avait dû forcer sa nature en essayant de résoudre des équations à six inconnues, des intégrales complexes et autres amusements qui servaient à l'époque de moyen de sélection pour rentrer dans le corps glorieux des pilotes de chasse. Puis il avait enfin obtenu le droit de porter le superbe uniforme vert, et surtout le casque typique de l'armée italienne qui faisait ressembler tous les officiers-pilotes à des oisillons en train de sortir de leur coquille. En y regardant bien, leur apparence était plus proche de celle de Calimero que de celle d'un aigle royal ! Mais ce petit côté, ridicule lorsqu'il était au sol ou sur les photos, disparaissait complètement lorsqu'il retrouvait son nouvel et véritable élément : le ciel! Toutes ses années de pénible labeur trouvaient leur justification dans le sentiment de supériorité qu'il avait ressenti lorsqu'il avait enfin été autorisé à voler en solo, survolant les dolomites comme un seigneur, traversant l'Italie du Sud au Nord en moins de temps qu'il ne faut à un habitant de Rome pour aller de la *Piazza Navona* au Vatican.

Bien sûr, nous parlons ici d'un jour de moyenne affluence, et surtout pas des moments où, comme tous les quatre ou cinq ans, les cardinaux du monde entier viennent "*ad limina*", au tombeau de Pierre, se réunir autour de leur chef élu. Ils y viennent discuter en groupe, en commissions, en conclaves, en consistoires, et tous types de moyens permettant de faire durer le voyage à Rome ! A leur décharge, ils essayent, sans grand succès, de gommer les différences culturelles du monde et d'arriver à une vision commune. Cet effort d'universalité venant de personnes de cultures et de langues si différentes est probablement la raison pour laquelle les textes issus de leurs travaux sont à peu près inintelligibles de la même façon pour tous les hommes, qu'ils soient de bonne ou de mauvaise volonté.

Mais cela nous éloigne de Marcellino qui était à l'époque maître du ciel ou peu s'en faut.

Je suis certain que vous vous demandez, lecteurs français et peut-être un peu chauvins, quel type d'avion pouvait posséder l'armée italienne ? Comment nos voisins transalpins, que nous connaissons si enjoués, si hâbleurs, si désorganisés, pouvaient maintenir en état de fonctionner ces miracles de technologie qu'étaient les avions de chasse des années 70 ? C'est une bonne question à laquelle personne n'a aujourd'hui de réponse satisfaisante. Bien sûr, nous pouvons toujours satisfaire notre ego en nous disant qu'ils recevaient probablement de l'aide de pays alliés, qu'ils avaient accès à la science prodigieuse et universelle des ingénieurs de la nation gauloise (...) toute proche, ou tout du moins qu'ils recevaient une aide quasi coloniale du grand frère américain. Ce mystère restera, mais il me paraît plus fairplay de penser que, derrière leur côté latin, les italiens, qui ont abrité un des berceaux de l'humanité, ont une capacité à innover qui les rend capables de toutes les prouesses, aussi bien artistiques que techniques.

Mais quittons vite ces pensées, et revenons à Marcellino, qui, volant à la vitesse du son, exécutait avec sang-froid les plus belles acrobaties puis revenait à la base couvert de gloire et de poussière. Les soirées sur la base étaient pratiquement toutes identiques, les pilotes se racontaient sans se lasser leurs exploits, communiant dans ce sentiment de liberté et de supériorité qui faisait d'eux une caste à part. Un des principes de la vie de la base était que tous ces aviateurs étaient sur un pied d'égalité. Tous les jours, ils risquaient leur vie dans des machines surpuissantes, pouvant à tout instant dévisser et chuter à des vitesses vertigineuses et le risque de subir une avarie ou un incident de vol était toujours dans leurs pensées.

Ce contact avec le danger les rapprochait bien plus que les liens amicaux, de classe ou parfois de famille. Cette camaraderie gommait complètement les différences d'origine: lui le petit sarde, était devenu le frère de tous les pilotes, qu'ils soient fils d'industriels de Lombardie, d'aristocrates possédant des Iles entières dans les lacs du Nord, neveux de prélats (couramment appelés « fils d'archevêques »), de rejetons de "famille" sicilienne, aussi bien que des enfants de tailleurs ou d'ouvriers travaillant à l'entretien des chemins de fer Italiens. Il y aurait par ailleurs beaucoup à dire sur l'entretien du système ferroviaire transalpin, mais ce n'est ni le lieu ni le moment.

De ce mélange d'origines, véritable creuset capable de faire de leurs différences une richesse, Marcellino a beaucoup appris : lui déjà très habile de ses mains, a découvert grâce à ses nouveaux camarades comment le monde fonctionnait, en particulier le système capitaliste. Il comprit que cela consistait pour faire simple à faire circuler au maximum l'argent dans la société. Il découvrit également qu'il était relativement facile de veiller à ce qu'une partie de cet argent puisse de façon régulière et quasi certaine rester dans les caisses des plus malins,... et pourquoi pas de Marcellino.

Cette leçon, bien plus que tout le reste de ses études, lui fut bien utile lorsqu'après 30 ans de bons et loyaux services, il reçut un courrier officiel de la république italienne le remerciant par des formules ampoulées (cela ne coûte pas cher), et lui promettant dans les six mois à venir la remise d'une médaille très prestigieuse. Marcellino n'appréciait pas du tout le ton de ce courrier dont il sentait avec son expérience des courriers de l'état-major que cela n'annonçait pas de bonne nouvelle. Et en effet, au bas de la lettre et avant les formules de politesse classiques, il était écrit que compte tenu de son âge, du nombre décroissant d'avions disponibles dans l'armée Italienne, des réductions budgétaires, etc, etc..., il disposerait à partir du trimestre suivant de l'ensemble de son temps, mais que dans sa grande bonté l'armée lui allouait pour les années qui lui restaient à vivre une somme de xx euros par mois...

Marcellino était vert de rage : "moi, à la retraite, avec tout ce que j'ai fait pour mon pays !" Après un rapide calcul, il avait compris que la modique somme versée comme pension à l'ancienne élite de la nation aérienne ne pourrait pas le nourrir convenablement. D'autant qu'avec le temps, la famille s'était agrandie, et son épouse avait pris ses habitudes dans les beaux magasins de Milan ou Rome.

"C'est inacceptable, cela ne va pas se passer comme ça!" Nous ne pouvons ici détailler toutes les démarches entreprises alors par Marcellino, son intervention auprès de tout ce que l'armée comptait de galons, d'étoiles, de ses courriers au maire de la commune proche de la base, de la visite au député qu'il ne connaissait pas mais dont le nom (Alberto Rapia) lui paraissait déjà une amorce de programme, jusqu'à son appel désespéré à l'ambassadeur d'Andorre ! Celui-ci ne put évidemment rien faire pour lui, mais c'était le seul personnage public qui lui devait quelque chose, et ceci à la suite d'une soirée arrosée dans la banlieue de Rome en 1958, un an avant le mariage de Marcellino.

Mais ces interventions, pas plus que les appels passés à tous les contacts de sa famille, de sa belle-famille, des amis des amis de sa femme, n'avaient réussi à changer la décision de l'état-major. Il semble même qu'au contraire, cela avait eu comme résultat de fâcher l'administration qui finit par annuler la proposition de décoration et il fut mis "en disponibilité" le 6 Janvier 1998. Ce cadeau, reçu le jour de la fête des rois, avait quelque chose d'ironique, si on y pense, mais ce n'est que bien des années plus tard que Marcellino put en goûter la saveur humoristique.

Après un moment de découragement, Marcellino comprit qu'il devait réagir et chercha une solution. Il rencontra ses anciens camarades d'escadre pour leur parler de ses difficultés et recevoir d'eux des conseils sur la conduite à tenir. Tous mirent à sa disposition leurs relations, au Vatican, dans le milieu industriel du Nord, dans la haute aristocratie italienne, pour essayer de lui trouver une nouvelle activité. Mais celui qui finalement lui donna la meilleure idée était Pedro Scolati, dont la famille semblait assez active et puissante en Sicile. Pedro s'était reconverti après son départ de l'armée dans les jeux d'argent et autres activités illégales.

"Marcellino", lui dit-il avec son accent trainant caractéristique du milieu depuis le célèbre film de Coppola, "il est inutile d'aller où est l'argent, va plutôt où tu as des amis, et fais venir les gens qui ont de l'argent: comme cela c'est toi qui décideras des règles ! Arrange-toi alors pour leur enlever quelques plumes, mais pas trop, et tu auras une vie beaucoup plus confortable. Crois-moi, cela fait presque deux cent ans que ma famille prospère en Sicile, et je suis le premier à avoir eu un véritable métier !" (La vérité est qu'il n'était resté que six ans dans l'armée, il en avait été renvoyé discrètement lorsque son commandant avait compris qu'une grande partie du kérosène de son avion était revendu à la station-service qui longeait la base militaire.)

Ce langage concret plut beaucoup à Marcellino qui réfléchit alors à son futur lieu d'exercice. Rapidement, il choisit la Sardaigne où sa femme avait hérité d'un beau terrain près de Castelsardo. C'était une région pauvre et manquant d'eau, mais c'était le seul endroit où il pouvait justifier de racines anciennes et solides. Il fit ses adieux à ses camarades du continent, et revint au pays, sans oublier de passer à Palerme sur le chemin du retour. Dans cette ville, la famille de son ami Pedro le reçut royalement, et lui apprit en quelques leçons les rudiments de son nouveau métier.

Il apprit tout de la comptabilité dite "à trois bandes", des cours de droit « en environnement courbe » et il put même participer à des leçons de travaux pratiques en relevant quelques compteurs chez des commerçants de la zone contrôlée par sa famille d'accueil : c'était un exercice ou Marcello se montra très vite à l'aise. Il était doté d'un sourire et d'un bagout qui donnait presque à la personne « contrôlée » l'impression de rendre service à un ami. Après trois semaines, il ne voulut pas abuser de l'hospitalité de ses nouveaux amis, et ayant considéré qu'il connaissait suffisamment de bases pour se lancer à son compte, il fit ses adieux à la famille Scolati. Il serait juste de dire que cette famille n'était probablement pas complètement désintéressée, et le temps consacré à former Marcellino fut comptabilisé dans leurs carnets occultes sous le vocable de "développement commercial", car ils n'avaient pas encore de succursale en Sardaigne et l'idée d'y avoir un futur allié leur paraissait prometteuse.

Quoi qu'il en soit, quand au début de l'été 98 Marcellino débarqua à Cagliari pour rejoindre ensuite les terres de sa belle-famille, il avait tout prévu. Il avait en tête un plan qu'il mit rapidement en œuvre, et qui lui a permis de contrôler à ce jour pratiquement toute la côte Nord de La Sardaigne. Il continue à vivre dans la petite Bergerie en bois héritée de ses beaux-parents, entouré de ses animaux dont certains ont reçu un dressage spécial pour l'aider dans ses activités.

Ami touriste, si tu cherches pour toi ou ta famille un produit de première nécessité en passant près de Castelsardo, tu auras parfois l'impression que ce pays a l'air de se passer de services qui paraissent aujourd'hui indispensables dans le reste de l'Europe (eau courante sans coupure, Wifi, cacao). Ne prends pas de haut cette vie sobre et simple, et efface de ton visage ce sourire hautain. Dis-toi plutôt que cette semi-pénurie est le résultat d'une stratégie brillante, menée avec détermination depuis presque vingt ans, et que derrière tout désir non satisfait se cache le sourire sympathique et chaleureux de notre ami Marcellino.

Manucure

Pffff…..encore un repas qui se termine par une discussion animée entre les deux hommes de la famille ! C'est presque toujours la même chose, en particulier le dimanche midi. Ces deux-là, le père et le fils, attendent souvent le milieu du plat principal, viande ou poisson selon les semaines, et la controverse démarre. Je connais bien le mécanisme et je sens venir l'orage, comme une catastrophe que l'on pressent. Mais comme les présentateurs de météo à la télévision, je sais prédire la tempête mais je ne peux pas l'empêcher.

Un rien suffit à provoquer la dispute : une courte phrase est lancée, une affirmation, une condamnation, sur n'importe quel sujet de société, de sport, de politique, de tout ce qu'il est possible d'imaginer et le grand cirque commence. Véritable concours de mauvaise foi, la discussion dérape : les arguments se croisent, se télescopent, rebondissent, s'inversent, sans qu'il soit vraiment possible de savoir quel est l'avis de l'un ou de l'autre, ou même si les combattants ne sont pas en réalité d'accord.

Une fois partis, rien ne peut les arrêter : j'ai tout tenté, depuis des soupirs bruyants et prolongés, des tentatives désespérées (et je le reconnais parfois parfois un peu décalées) de lancer des nouveaux sujets plus consensuels, jusqu'au renversement pseudo accidentel de verre ou de bouteille. Mais même des cris ou des hurlements ne peuvent interrompre le match qui a démarré : the show must go on !! Il ne me reste donc souvent, comme mes sœurs qui partagent mon affliction devant ce spectacle désolant, qu'à effectuer une retraite discrète et sans gloire. Je rapporte alors mon assiette à la cuisine, en faisant le moins de bruit possible, pour faire oublier que je contreviens à la sacro-sainte règle qui interdit de quitter la table avant la fin du repas sans autorisation… enfin, à la guerre comme à la guerre !, et je n'ai pas trouvé mieux, en espérant contre toute évidence que le dimanche suivant verra un déjeuner harmonieux et paisible.

Le sujet du jour, parti d'on ne sait où, concernait le racisme et la difficulté pour les personnes d'origines ou de couleurs différentes de s'intégrer dans le monde du travail. Tout un programme ! Je ne vois vraiment pas en quoi le fait de gâcher le repas familial pourra apporter une solution à cette question !

Enfin, tout est maintenant calme et les combattants sont partis s'occuper de la vaisselle, laver leurs affronts dans le détergent et la mousse. Grand bien leur fasse ! Je profite de la sérénité retrouvée pour traînasser sur la magnifique terrasse, blottie sous les oliviers centenaires, avec une vue imprenable sur la baie de Castelsardo. Pour compléter cette vision du paradis, et profiter pleinement du calme retrouvé, je décide de m'adonner à mon activité préférée, recommandée par tous les magazines dignes de confiance : je prends soin de moi ! En l'occurrence, je m'apprête, avec une concentration de moine copiste, à remettre du vernis sur mes ongles...

Appliquer du vernis à ongle peut paraître aux non-initiés (souvent des hommes) une activité simple, basique, mais c'est en fait une ouverture à un monde parallèle, un vrai moment de paix probablement comparable aux élans mystiques des moniales vaquant aux activités ménagères du couvent. Les mains occupées par une tâche simple mais demandant une grande attention, l'esprit est libre de vagabonder, voyager, découvrir des univers fantastiques où tout est possible !

Aujourd'hui, en regardant les doigts de ma main droite soigneusement alignés sur la toile cirée (je suis gauchère et c'est donc la main la plus facile à traiter en premier), je m'imagine face à cinq membres d'une équipe dont je serais le coach, et je m'amuse à découvrir pour chacun sa personnalité, son caractère, ses problèmes.

Par exemple, le pouce parait fâché aujourd'hui : petit et costaud, il boude de son côté. C'est le plus fort de la bande, mais au lieu de collaborer avec ses frères dans la même direction, côte à côte comme dans une mêlée de rugby, il reste dans son coin l'air mécontent, regardant en biais les autres doigts avec un mépris presque palpable. Et hop ! un coup de vernis orange lui donnera un air plus joyeux, il devra bien se mettre à l'unisson des autres !

L'index est celui qui pousse le groupe vers l'extérieur : il désigne, sélectionne, indique la direction ; c'est naturellement le leader, d'autant que placé entre le reste de la famille et le pouce, il assure la liaison et prend les chocs quand ce dernier a décidé de se retourner contre ses frères. En le barbouillant de couleur, je me dis que j'aurais dû commencer par lui. En transformant celui qui guide les autres, cela devrait motiver le reste de la troupe !

Le suivant est plus compliqué : gauche et maladroit, il est le plus grand et revendique cette position comme un ministre de la république proteste pour son classement dans l'ordre de préséance, un siège proche du président, un nombre plus important de conseillers. Et susceptible avec ça ! En tout cas, le fait qu'il dépasse le rend plus vulnérable et en trois coups de pinceaux, le voilà orange vif comme ses frères.

Que dire du quatrième ? Son nom désigne une fonction et non une qualité, et cette fonction n'aura de sens que quand, plus grande, j'aurais rencontré l'homme de ma vie qui m'aura confié un bel anneau d'or et je serai partie créer avec lui ma propre famille ; et chez moi, plus tard, il ne s'agira pas de gâcher les repas dominicaux avec des discussions stériles et pénibles, et je vous prie de croire qu'il ne sera pas question de... Houps ! Je m'énerve, ce n'est pas bon pour la concentration et j'ai fait des tâches sur le doigt. Tant pis ! Cela ne se voit pas beaucoup, cela m'apprendra à perdre mon calme sans raison.

J'attaque le dernier doigt, l'auriculaire. Quel nom ridicule ! Un doigt dont la fonction principale est de nettoyer une autre partie du corps, dans des conditions d'hygiène très discutables ! En plus, il ne rentre même pas dans l'oreille : je le sais, j'ai déjà essayé et j'ai failli rester coincée.

Pendant que je me rappelle cet épisode, une mouche se rapproche du flacon de vernis posé devant moi.

Mon frère aîné, ayant fini sa vaisselle, s'approche alors sans bruit, s'empare de la tapette à mouche et, catastrophe ! L'arme s'abat sur la table en emportant tout sur son passage. La mouche, sauvée de justesse par le matériel de beauté qui lui a fait un rempart, s'envole sans demander son reste ; en revanche, tout le vernis est répandu par terre, avec des débris de verre et les restes du pinceau. Je ne peux maîtriser ma colère : « Y en a marre ! Tu ne pouvais pas faire attention ! »

Et me voilà bien avancée avec mon travail non terminé ! Le résultat est désastreux : quatre ongles sont très correctement couverts d'un magnifique vernis orange quasi fluo, et l'auriculaire de la main droite présente une couleur ivoire, mélange de couleur naturelle et de vernis de la semaine dernière. Une vraie catastrophe !

Mon frère, un peu désolé de sa maladresse, me fait néanmoins remarquer en riant qu'il va maintenant me falloir apprendre la cohabitation pacifique à des doigts de couleurs différentes, qu'il ne faut pas les juger sur leur aspect, que cela n'a pas d'importance, et blablabla, et blablabla... et que grâce à cette expérience, je vais pouvoir participer activement à la discussion du repas dimanche prochain !

Cette fois, c'est sûr, ma journée est vraiment fichue.

Je vais noyer mon chagrin dans la piscine...

Pol-Hervé Malo
Castelsardo, Août 2015

Table des nouvelles

Nouvelles de Sardaigne

Histoire de famille 7

Amours filiales 23

Les pieds sur terre....................37

Collection 51

L'esprit du sport 69

Rêveries estivales

La vocation tardive de Marcellino......85

Manucure 97